Das Buch
Brigitte Burgunder ist Kelterin in den Reben des Burgunds.
Vladimir Vampir ist Untoter in einer Gruft in Transsylvanien.
Die beiden stolpern in der Zwischenwelt von Facebook übereinander. Es eint sie die Liebe zur Literatur und die nächtliche Einsamkeit. Brigitte und Vladimir finden schon bald reges Interesse aneinander. Die Sache hat jedoch einen Haken: Beide sind Fakeprofile. Hinter der jungen und kecken Brigitte steckt die mittelalte und schüchterne Anna. Nach einer schmerzlichen Trennung wagt sie sich nur verkleidet wieder in die Welt da draussen vor. Und auch der Schöpfer von Vladimir ist in Wirklichkeit alles andere als ein nonchalanter Vampir mit Biss.
Mit Mut, Humor und der Hilfe eines Bären gelingt den Gezeichneten jedoch der Sprung zurück ins Leben und in die Liebe.

Die Autorin
Corinne Maiocchi ist 1965 in Basel geboren. Sie war und ist tätig als Buchhändlerin, Sprachlehrerin und Autorin. 2010 erschien ihr Erstling „Schwerelose Tage oder Alessandro und ein viel zu kurzes Leben" in der Edition Vito von Eichborn. „Chemo, Holzbein und sonst viel Leben" kam 2011 heraus. Zusammen mit ihrem Sohn Tiziano veröffentlichte sie 2012 das Kinderbuch „Unser Löwe aus Ugudada". „Fand Anna" ist ihr dritter Roman.

Corinne Maiocchi

Fand Anna

Eine Geschichte aus der schönen neuen Facebook-Welt

Das Gedicht „Heimweg" von Ingeborg Bachmann
stammt aus: Werke, Bd. 1, Gedichte
© 1978 Piper Verlag GmbH, München

Dieses Buch wurde erstmals 2013 vom munda Verlag in Brugg (Schweiz) veröffentlicht.

Neuausgabe:
© 2014 Corinne Maiocchi

Herstellung und Verlag:
BoD – Books on Demand, Norderstedt (D)

ISBN: 978-3-7347-8366-1

Für Steff

1

Mit der Einsamkeit ist das so eine Sache.

Fand Anna. Und dachte an die Zeit nach dem Auszug ihres Mannes. Aus der gemeinsamen Wohnung. Und an den zeitgleichen Einzug der Einsamkeit. Die ihr nicht unsympathisch war. Zumindest zu Beginn. Dank der Anna verwegen wurde. Und wieder zu rauchen begann. Auf dem Balkon. Dank der Einsamkeit durfte sie sich verlassen und verarscht fühlen. Ganz offiziell. Das sah die ganze Welt so. Oder wenigstens Annas Freundinnen. Welche sie trösteten, so ein Schwein, und dabei gerne mitrauchten. Bis die Nachbarin schimpfte, eines schönen Tages: es stinke und miefe hier unter freiem Schweizer Himmel wie in einem türkischen Kaffeehaus. Und die Balkontüre zuzog. Sehr geräuschvoll. Da wurde Anna nicht folgsam, sondern frech. Wie sie fand. Und rauchte drinnen weiter. Wie früher in den Achtzigern. Wiederauferstandene Rebellin. Die jetzt machte, was sie wollte. Oder zumindest stumme Widerstandskämpferin. Die sich selber leid tat. Und dabei kräftig inhalierte. Nur Anna und die Zigarette und die Zukunft zünftig vernebelt. Ja, die Einsamkeit hatte etwas Lockeres, Lebendiges, gar Verheissendes. So ganz am Anfang.

War dann aber schnell vorbei, der Anfang. Fand Anna. Und die Freundinnen begannen sich zu wiederholen: Alles Schweine. Diese Männer. Gehörten kastriert und massakriert. Mindestens. Und an einen Baum gebunden. Satt und eng. Und dann die Ameisen. Aber nur die roten und Tausende davon. Holla, keine Strafe streng genug. Und Hossa, kein Schmerz zu gross. Die Stimmung geradezu euphorisch innerhalb der Komplizenschaft. Und Anna fand, sie stehe irgendwie daneben. Ohne diese wilde Wut. Dafür in tiefer Trauer. Allein. Und vermisste ihren Mann. Schwein hin, Schwein her. Weinte um ihn, kaum waren die Freundinnen gegangen. Weinte um die gemeinsame Zeit. Und weinte, weil die Einsamkeit jetzt so schwer und starr. Und die Wohnung immer still.

Keine Kinder gekriegt. Damals. Und irgendwie froh darüber. Waren ja ungemein anstrengend. Das sah Anna links und rechts. Bei Freunden. Die Eltern wurden von so winzigen Kreaturen. Die dann alles auf den Kopf stellten. Von der Wohnung bis zur Beziehung. Bis das ganze Leben ein einziges Chaos war.

Anna mochte es lieber ruhig und überschaubar. Liebte ihren Job in der Bibliothek. Liebte die Bücher, die nie laut wurden. Wurde nach fünfzehn Jahren Chefin. Von vier Mitarbeiterinnen. Der Mann Ingenieur. Da kam einiges zusammen an Franken und an gemeinsam bereisten Kilometern. An den Wochenenden jeweils schick gegessen. Im neusten Inlokal. Und keine durchwachten und durchkotzten Nächte. Wie die meisten ringsum. Keine Ringe unter den Augen und keine Stirn in Falten. Da keine Sorgen um Geld, Masern und Pädophilie.

Das Buch jeden Abend pünktlich um zehn aus der Hand gelegt und acht Stunden tief und fest geschlafen. Viel gelesen und dabei belesen geworden. Und sich irgendwann – trotz aller Herrlichkeit – zu langweilen begonnen. Erstaunlicherweise. Weil in einer Endlosschlaufe von ewig Gleichem und sich Wiederholendem: Gutes Essen, gute Reisen und eine gute Altersvorsorge. Und dabei angefangen zu gähnen. Und die Lust verloren an allem. Inklusive am Mann an ihrer Seite. Welcher seinerseits vor sich hin döste. In dieser Pampe von Genuss. Bis er irgendwann wachgeküsst wurde. Nicht von Anna.

Sondern von einer, deren Leben ein heiteres Durcheinander an Herausforderung war. Mit drei Kindern, einnehmend und aufreibend. Und dank deren klebriger Patschhändchen sich Rolf Wegmann wieder lebendig fühlte.

Wie er Anna beichtete. Und nichts verschleierte. Und Glanz in seinen Augen, und fügte an, ja, er sei glücklich und wolle Anna verlassen. Und Anna staunte und dachte, so schnell geht das. Und alles ist anders und nichts mehr wie es war. Zu ihrem Mann sagte sie: „Ja, ich verstehe." Und ihre Freundinnen meinten, sie solle das Schwein um Himmels Willen jetzt nicht noch in Schutz nehmen.

Rolf Wegmann packte seine Sachen. Pyjama, Rasierer, Zahnbürste. Viel braucht man nicht, wenn man neu anfängt. Die Aussicht auf einen Neubeginn wiegt mehr als jede Corbusierliege. Und verliess die gemeinsame Wohnung. Und Annas Leben.

Anna fand, es sei besser allein zu bleiben. Jetzt mal. Vorerst. Und bis auf Weiteres. Um zu schauen, wo das Ganze hinführt. Trauer tragen, solange traurig. Und die Einsamkeit hatte begonnen sich einzunisten in ihren vier Wänden. Lautlos. Unauffällig und diskret. Hatte sich ungebeten breit gemacht. Im Laufe der Tage, Wochen und Monate. Und es sich bequem. Und Anna hatte sie wohl oder übel als Mitbewohnerin akzeptiert, obwohl sie ihr längst nicht mehr sympathisch war.

2

Zum Glück gabs da noch Annas Bücher. Ein Segen. Und Anna las jetzt mehr denn je.

Vergrub sich zwischen den Buchdeckeln. Papierene Seelentröster. Fünf Stück und mehr an einem Wochenende. Und den Kühlschrank vollgebunkert und eine Stange Zigaretten. Kein Fuss mehr vor die Hütte die nächsten achtundvierzig Stunden. Keine Mädelsrunde. Liess Telefon und Handy ins Leere läuten. Die Freundinnen erst verärgert, dann besorgt, erteilten Ratschläge auf den Beantworter: „Anna, das Schwein ist es nicht wert. Komm mit uns, wir gehn essen und bringen dich auf andere Gedanken!" Das war gelogen, fand Anna. Oder wenigstens geflunkert. Weil nur ein Thema in der Frauenrunde: Entlaufene Schweine. Und deren Verlust. Und Fraus Freude. Darüber, dass endlich wieder Single. Was wiederum nicht stimmte, kam Anna der Verdacht. Und jede beschäftigt mit ihrer eigenen Geschichte. Und all das Unverdaute, Ungereimte versteckend hinter hektischer Heiterkeit. Halleluja, jetzt geht es uns doch gut, richtig gut! Jetzt nachdem das Schlimmste vorüber und die Sau weg. Und die gemeinsame Zeit rückblickend als eine Anhäufung von Scheisse entlarvt. Von wegen wir bringen dich auf andere Gedanken! Dachte Anna und schwieg.

Da blieb Anna lieber daheim. Allein. Ganz für sich. Hatte was Heiliges. Dieser Zustand. Nichts kaschiert, nichts schön geblufft. Es ging Anna schlecht. In aller Heftigkeit. Hätte all ihre Bücher gegeben. Hergegeben. Um sich wieder gemeinsam mit ihrem Mann durchs Leben langweilen zu dürfen. Das war die Wahrheit. Punkt, aus, fertig. Und das Herz kalt und starr wie der Winter vor Annas Fenster. Und gegen die Verzweiflung nichts als zweihundert Zigaretten.

3

Und überwinterte eingebunkert lesend. Dazwischen essend, weinend und rauchend. Und funktionierte unter der Woche in der Bibliothek vortrefflich. Streckte den Kopf erst wieder nach draussen, als an den Bäumen die ersten Blätter aus den Knospen stiessen. Und eine blasse Sonne ihr durchs Fenster zuwinkte, sie solle sich gefälligst nicht so anstellen! Und Schuhe und Jacke anziehn und sich endlich wieder unter die Lebenden mischen!

Und tatsächlich, vierundzwanzig Stunden nicht geweint. Ein tränenloser Tag, kaum zu glauben, ein Wunder. Aber Anna wollte es wissen. Genau wissen. Und versuchte deshalb noch einmal den Weg zurück: Legte sich ins Bett und in Richtung Vergangenheit. Und wartete und nichts geschah. Durfte freudig feststellen: Das Ritual gelang nicht mehr. Da nicht mehr nötig. Weil der Schmerz ganz offensichtlich auf und davon. Oder immerhin geschrumpft. Auf ein sehr erträglich Mass.

Stand somit auf und zog Schuhe und Jacke an. Rief ihre Freundinnen zusammen. Und gingen spazieren. Gemeinsam dem Fluss entlang. Schnatternd wie die nahen Enten. Vier Frauen zu neuem Leben erwacht. Der Frühling lässt keinen aus, fand Anna. Und dabei den hellgrünen Frühling einatmend. Neugierig werdend. Immerhin ansatzweise. Denn irgendwann war sogar die dickste Sau gegessen. Und halbwegs verdaut und ausgeschieden. „Und im Magen wieder Platz für Neues." Wie die Rote anmerkte und geheimnisvoll tat. Kunstpause machte, bis alle neugierig und ganz Ohr. Um umgehend zu bluffen, die Zukunft habe begonnen. Zumindest die ihrige. Und die Stimme hob. Und endlich das Ding beim Namen nannte:

„Facebook heisst das Zauberwort!"

Wichtig den Kopf hebend, beim Aussprechen der Neuigkeit, wohl wissend, dass die andern keine Ahnung – nicht die geringste – um was es dabei ging. Liess deshalb die Belehrung folgen: „Soziales Netzwerk, weltweit verbunden." Doch noch immer: Kein Hauch von Begeisterung in den Gesichtern der Freundinnen. Eine Plattform, na und? Gab es unzählige und wahrscheinlich gefährlich und voll von Perversen, fand Anna. Die andern kicherten und die Rote schimpfte sie Jammerweiber. Hinter dem Mond Lebende. Allesamt. Und keine Ahnung von nichts und Hopfen und Malz verloren.

„Seit ich dabei bin, bin ich nie mehr allein. Hab schon hundertundreiundzwanzig Freunde. Hundertdreiundzwanzig. Stellt euch das vor!" Und schon wieder das bedeutsame Getue und eine lästige Pause.

„Da ist man nie mehr einsam. An keinem Abend. Und an keinem Sonntag. Wie verregnet auch immer. Und den süssen Pablo aus Brasilien hab ich nach zwanzig Jahren wieder gefunden. Verheiratet zwar. Aber immerhin. Und schreibt mir jeden

Abend. Und ich ihm zurück. Das ist wie Daten. Am Strand von Rio de Janeiro. Nur ohne Stress und ohne Schminke. Und nicht so gefährlich. Gemütlich in Finken mit einem Glas Wein neben dem Compi." Die andern schüttelten die Köpfe. Wollten nicht daten. Noch nicht, oder nie wieder. Und bestimmt nicht in Pantoffeln am Strand von Sao Paulo.

Anna hingegen war hellhörig geworden. Und fand, sie wolle der Sache auf den Grund gehen. Und müsse mehr über diese datende Plattform wissen.

4

Setzte sich deshalb am Abend nicht hinter ein Buch sondern hinter den Computer.

War erstaunt und verwundert, wie leicht das ging: Ein virtuelles Zuhause einzurichten in dieser blauen fb Welt. Und gleich ein Profil erstellte.

Das dann so hiess: Anna Wegmann, weiblich, 15. Februar 1967

Enter drücken und das Profil wurde lebendig. Und Anna herzlich begrüsst. In der neuen Welt. Mit einer bunten Startseite willkommen geheissen. Und eingeladen ein Foto hochzuladen. Was etwas zu weit ging, fand Anna. Vor allem ihre technischen Fähigkeiten überstieg. Und sich deshalb ohne Bild bewunderte:

Anna Wegmann, weiblich, 15. Februar 1967

Als wärs eine fremde Person.

Anna Wegmann, weiblich, 15. Februar 1967

Tönte gut, gar grossartig. Wichtig und richtig. Ein lebender Mensch. Ein agierendes Individuum. Ein wichtiges Mitglied unserer Gesellschaft unter Umständen. Diese Anna Wegmann. Und jetzt vernetzt mit 500 Millionen Nutzern. 500 Millionen potenzielle Freunde. Das war dicke Post. Teil einer Gemeinschaft. Von der man keine Ahnung hatte, aus was für Mitgliedern sie sich zusammensetzte. Was keine Rolle spielte. Befremdlicherweise. Unwichtig war, im Vergleich zur Grossartigkeit, ein Profil zu besitzen. Anna konnte sich nicht sattsehen an Anna Wegmann. Als wärs ein neues Leben, als wärs ein neuer Mensch. Und plötzlich alles möglich. Die Wohnung zwar noch immer still. Aber die Stille weniger erdrückend, da jetzt ein Fenster geöffnet. Zur Welt da draussen.

Die Anna zu erkunden begann. Die Zigarette im Mundwinkel. Alte Freunde suchend. Dem einen oder andern auch tatsächlich begegnete. Unglaublich, all die bekannten Gesichter. Von früher und heute. Am Leben gelitten, zumindest einige. Wie die Profilbilder erzählten. Und Anna sich unweigerlich fragte, ob sie wohl selber auch so aussehe. In Mitleidenschaft gezogen. Vom eigenen Lebenslauf, und die Mundwinkel talwärts gebogen, wie die von Heidis Fräulein Rottenmeier.

Das konnte unmöglich der Fall sein.
Wenn man wieder am Anfang stand, ganz am Anfang. Wie Anna.
Dann war das nicht so.
Durfte so nicht sein. Beschloss Anna.

Und verschickte bald eine Freundschaftsanfrage nach der anderen. Den ganzen Abend sitzend und Fotos anschauend. Staunend. Über Mirta Müller, schon damals die Schönste. Und noch immer ein Schuss. Da gespritzt und gliftet, beschloss Anna. Erstickte ihren Neid im Nikotin und verzichtete auf eine Anfrage. Ging stattdessen weiter. Zu Rose Wegener. Unscheinbar und ungefährlich damals und heute. Und mit einem Mausklick eine Freundschaftsanfrage versendet. Serge Hüttenmoser. Das Grossmaul vom Dienst. Immer hinter Mirta her. Vor zwanzig Jahren. Jetzt doppelt so breit und klick vielleicht bald wieder im Dunstkreis von Anna Wegmann. Der Nächste bitte: Ah, Marta „la bomba" Bomboni ins Palermo ihrer Vorfahren zurückgekehrt. Marta allegra, ein lachendes Profilbild und somit ebenfalls auf Annas Anfrageliste. Und danach Miriam Saner, Esther Mundwiler, Pablo Sprinter, Dieter Volleisen und und und. Sich stundenlang erinnern. Die ganze Schulzeit chronologisch durcharbeiten. Minuziös. Und versinken. Typisch Anna.

Und ging an diesem Abend erst nach elf Uhr ins Bett.

5

Beeilte sich nach der Arbeit nach Hause zu kommen. Am darauffolgenden Tag. Beschwingt und beflügelt unterwegs Zigaretten und Wein gekauft. Und ein Stück Trüffelpastete dazu. Bereit, das Fenster zur Welt zu feiern. Und all die vielen neuen Freunde, die sie vielleicht bald haben würde.

Und sich erwärmt an tatsächlich fünf Freunden: Die Rote war jetzt auch virtuell mit Anna befreundet. Hatte als Erste Annas Freundschaftsanfrage bestätigt. Und hinterliess eine Nachricht auf Annas Startseite.

Willkommen in der Welt der begrenzten Unmöglichkeiten liebe Anna! Deine Rossa.

Serge Hüttenmoser war jetzt ebenfalls Annas Freund. Und hatte sie gleich per Mail aufgeklärt:

Hi Anna ich bin alt (vierzig vorüber), arm (unterhaltspflichtig für zwei Exfrauen und vier Kinder) und frustriert (also ewig warte ich jetzt nicht mehr auf die Richtige). Willst du mit mir essen gehn? Und PS: Weisst du was Mirta so treibt? Also melde dich, aber bald! Serge

Diese Nachricht würde keine Antwort erhalten, befand Anna. Und schaute stattdessen, was sich sonst noch so getan: Marta Bomboni Mutter von vier Kindern und Chefin einer Trattoria, hiess Anna jederzeit willkommen in Palermos Altstadt.

Pablo Sprinter bestätigte ohne zusätzliche Infos. Aus seinem Profil erfuhr Anna, dass er verheiratet war. Und Fan von Bruce Springsteen, dem FC Bayern und Grisham.

Was Anna gänzlich unberührt liess. Wenig interessierte. Bis gar nicht. Und erst mal ein Glas Rotwein trank und Pause machte. Ernüchternd gehaltlos. Diese Infos. Würde weder mit Serge essen gehen noch Marta in Palermo besuchen. Zündete eine Zigarette an und machte sich wieder an die Arbeit: Sich Dieter Halbeisen vornehmend. Direktor einer Kantonalbank. Ohne Zivilstand und ohne Vorlieben. Scheinbar. Ein unbeschriebenes Profilblatt. Fad und farblos, fand Anna. Und gönnte sich deshalb mehr Wein von roter Farbe. Derweil am untern Bildschirmrand ein Fenster erschien. Von einem plupenden Geräusch begleitet. Beinahe wie ein Korken, den man von der Flasche zwingt. Im Fenster ein Foto von der Roten und folgende Worte:

Ciao Anna, wie gehts? Wenn du mir beweisen willst, dass du mit der Technik klarkommst, schreib zurück, und zwar umgehend!

Anna schrieb umgehend zurück:

Komme klar, trinke Burgunder und rauche. Und langweile mich. Das ist ja auf fb wie im realen Leben. Nur noch eintöniger.

Und plup erschien auch schon die Antwort der Roten:

Mensch Anna mit nur fünf Freunden muss man sich ja langweilen. Schreib neue Leute an, lade ein Foto von dir hoch, tu was!

Zu Befehl, liebe Rote...

Plupte Anna. Und dann meldete sich die Rote wieder ab. Weil Pablo bereits im Chatroom auf sie wartete. Liess Anna zurück mit ihren fünf Freunden. Und zwei eingegangenen Freundschaftsanfragen. Die Anna bestätigen durfte. Sabine Meyer und Esther Gaudi. Und somit sieben Freunde hatte.

Sabine geschieden. Zwei Kinder. Dreckjob und Diabetes.
Esther ohne Mann geblieben. Dafür mit Pferd und Hund. Topfit und gesund.

Und Anna gähnte und dachte, so hatte sie sich das Fenster zur Welt nicht vorgestellt. Überlegte, den Computer wieder mit einem Buch zu tauschen. Trank das Fläschchen leer und war sich sicher: Hier wirds auch mit hundertsieben Freunden nicht spannender. Weil diese Geschichten ihr wohl bekannt und sie immer an ihre eigene erinnerten: Beliebig und belanglos. Und hinter jedem zweiten Profil ein Riesenschiss vor der Einsamkeit. Wie im echten Leben, nur bebildert und beschriftet.

Hatte sie doch nur einen Blick auf die weite Welt erhaschen wollen. Ursprünglich. Und erblickte stattdessen sich selbst im Spiegel. Welch unschöne Erkenntnis, fand Anna und öffnete eine neue Flasche Wein. Einen Edlen aus dem Gestell. War noch von Rolf gekauft worden. Und Anna tat sich selber leid. Beim Gedanken an Rolf. Wenn schon keine Feier, so immerhin ein ordentlicher Frustsuff. Entschied sie. Und wollte das jetzt gründlich machen. Und mit Schwung. Und wünschte sich doch tatsächlich ihren Exmann zurück. Einen kurzen, schwachen Augenblick lang. Besann sich aber bald eines Besseren. Und wollte sinnvoller und stilvoller wünschen. Wollte dem Leben eine andere Richtung wünschen. Eine neue Chance. Wollte nochmals neu beginnen. Jung beginnen. Und das Leben vor sich. Ungeschrieben. Nicht krummgeschrieben.

Und starrte, Gedanken wälzend, auf das Etikett der Flasche:

Burgunder.

Stand da.

Burgunder.

Und Anna las das Zauberwort noch einmal. Und dann nochmals und gleich wieder. Sprach es sich vor. Sprach es endlich laut aus. Lauschte dem Klang seiner Laute: „Burgunder, Burgunder", welch frohlockender Name. Lebhaft, fruchtig, herzhaft. So wie Anna sich das Leben wünschte. Sich wünschte, sie hiesse Burgunder, und weg wär all der alte Plunder. Und jetzt immerhin anstiess mit Frau Burgunder. „Cin cin und Prosit Frau Burgunder! Ich heisse Wegmann, ganz ohne Wunder." Und Frau Burgunder prostete Anna ebenfalls zu.

Erstaunlicherweise. Und fragte, wie sie denn mit Vornamen heisse. „Anna", antwortete Anna artig, „und wie heissen Sie?" „Brigitte, gesprochen Brischitte", antwortete Frau Burgunder kess. Und fügte an: „Ich heisse Brischitte Burgunder. Zuständig für alle Arten von Wunder!"

6

Brigitte Burgunder, weiblich, 19. Juni 1983

Und Enter drücken. Und wieder eine nette virtuelle Begrüssung. In der nicht mehr ganz neuen Welt. Mit einem brandneuen Profil. Und eingeladen ein Foto hochzuladen. Was Brigitte jetzt gerne tat. Nur nicht wusste welches. Ob blond, ob rot, ob schwarz, ob braun, Google liebt doch alle Fraun. Brigitte war im Dilemma. So viele schöne Vollweiber. Gigantische Auswahl. Wurde schliesslich fündig unter: Frauen, russische: Hohe Backenknochen und ein freches Grinsen. Zwei blonde Zöpfe und ein tiefes Décolleté. Brigitte sah so aus, wie Anna sich grad fühlte: Frech und fidel und am Leben interessiert.

Und Anna kicherte. Als sie Brigittes Profilbild hochlud. Anfänglich scheiterte, da nicht ganz einfach. Sich nicht beirren liess. Und nicht beängstigen. Und nicht aufgab bis die lachenden Zöpfe auf dem Profil für alle Welt sichtbar. Und ein paar Informationen gleich dazu:

Brigitte Burgunder, weiblich, 19. Juni 1983
Beziehungsstatus: es ist kompliziert
Wohnort: Burgund
Lieblingslied: Untergang der Burgunden (Nibelungen)
Lieblingsbuch: Du Monts Weinführer Burgund

Lieblingszitat: „Ohne Wein und ohne Weiber, hol der Teufel unsere Leiber." Goethe
Brigittes Geist war rege und ihre Finger behende. Auf die Tastatur und von dort geradewegs in den Computer. Und um die ganze Welt. Anna staunte. Über diese Brigitte. Und trank den letzten Tropfen Burgunder aus der Flasche und fand, es sei Zeit für sie zu Bett zu gehn. Und elf Uhr war längst vorbei, als Brigitte das Wort zur Nacht postete:

Das Leben ist jetzt. Starten wir das Fest!

Und dann doch noch ein paar Freundschaftsanfragen startete. An die Rote natürlich. Und an Serge und Mirta. Altbewährtes, zuerst. Traute sich aber bald querfeldein: Schrieb alle an, die ihr da begegneten. Auf der nächtlichen Reise durch die Plattform. Und die Brigitte gefielen. Oder sie erheiterten. Und traf auf tausend illustre Gestalten:

Auf einen Bären. Aus Plüsch. Mit Namen Jochen Römer. Ein Bär mit Vor- und Nachnamen, beeindruckte Brigitte und war klick als Freund angefragt.
Auf eine Fest Nudel. Mit Ballons rot, gelb, grün, blau als Profilfoto. Die unter Infos versprach: „Ich feste also bin ich." Und klick ein idealer Freund von Brigitte.
Auf einen RumbaZumba. Der sich als Mann von Tat und Trank anpries, und somit ideal zu Frau Burgunder passte.

Klick, klick, klick, ganz ohne Hemmung. Brigitte traute sich was, fand Anna. Die hatte Schneid. Und so war Mitternacht vorbei. Als die müde, mittelalterliche Anna zu Bett ging. Und die aufgeweckte, blutjunge Brigitte somit ebenfalls verstummte.

Und das Fenster zur Welt jetzt durchlässig. Frisch geputzt und den Blick auf buntes Treiben freigebend. Dank einem Fünkchen Fantasie. Und einem Schlückchen Burgunder.

7

Der Bär war der Schnellste und postete:

Find dich bärenstark! Willkommen in Jochens Welt.

Aus seinem Profil erfuhr Brigitte mehr: Jochen war ein hinduistischer Bär, der gern steppte. Und immer wieder aufs Neue an Bärinnen interessiert war. Mit denen er mit Vorliebe ins Kino ging. Seinen Lieblingsfilm „der mit dem Bär tanzt" ansehen. Jetzt voller Hunger und Tatendrang war, da erst kürzlich aus dem Bärenschlaf erwacht. Und auf eine wie Brigitte gewartet hatte. Die ihm schrieb, dass sie so einen süssen Pelz jederzeit gern wachküsse. Und weiterklickte zur Roten, die Brigitte eine Mail hinterlassen hatte:

Sag mal Anna, spinnst du jetzt?

Und ohne Halt zu RumbaZumba, der sich mit Brigitte einen ordentlichen Umtrunk gönnen wollte. Schnellstmöglich. Im Burgund, in Kuba wo auch immer. Hauptsache ein heftiges Hoch auf die Ausgelassenheit. Wozu man gleich Fest Nudel mitnehmen könnte, fand Brigitte, wenn schon Party, denn schon. Und das alles gleich so kommentierte. Und von Rumba erfuhr, dass er nur monogam feste, und sich Brigitte somit entscheiden müsse: Rambazamba mit Rumba oder Party mit Nudel. Und Brigitte abschliessend antwortete, sie würde ernsthaft darüber nachdenken.

Danach den Serge Hüttenmoser abwimmelte. Der mit Brigitte nicht nur essen gehen wollte. Sondern sie gleich in ein langes Wochenende einlud. Weil sie so eine Schönheit, unbeschreiblich. Paris, London oder Wellness. Ganz wie Brigitte beliebte. Würde sie auf Händen tragen, falls sie ihn erhörte. Und im Gegenzug ausgiebig seine Leidensgeschichte schilderte. So alt und frustriert. Und das „verlumpt" diesmal auslassend. Weil hätte wohl schlecht gepasst zur offerierten Städtereise. Aber dank Brigitte wieder aufkeimende Hoffnung auf die grosse, wahre Liebe.

Und Anna schaute Brigitte über die Schulter und rauchte genüsslich. Und nippte am Wein. Und versandte eine Freundschaftsanfrage nach der anderen: An Freunde. Bekannte. Verwandte. Schöne. Reiche. Und Prominente. Die alle bestätigt wurden. Ebenfalls eine nach der anderen. Und überall blinkte es rot und die Fest Nudel plupte aus dem Chat zeitgleich mit der Roten und Brigitte schoss das Adrenalin ins Blut. Und hörte und fühlte das Herz hüpfen. Vor Spannung. Und Anna fand, das sei hier wie im Schlaraffenland. Dank Brigitte.

Und derweil gingen bei Madame Burgunder selber die ersten Freundschaftsanfragen ein:

Sergej Drakow aus Minsk wollte mit Brigitte befreundet sein.
Mirco Rossi aus Turin ebenso.
Sowie Vladimir Vampir aus der dunklen Gruft.

Letzterer ein echter Vampir: Ein bleicher Jüngling und ein zweideutiges Lächeln. Und zwei blinkende, spitze Beisserchen als Schneidezähne. Jetzt wurde es aufregend. Und Brigitte verliess endgültig sicheren Annaboden, fand Anna. Indem sie dem Vampir die Freundschaft bestätigte. Und zu ihm in die geheimnisvolle Gruft stieg.

An seine Pinnwand postete:

Auf zur Geisterstunde mysteriöser Vladi! Mit lieben Grüssen. Brigitte Langweisshals.

Und damit war die Gespensterstunde tatsächlich angebrochen. Und Anna schon wieder nicht im Bett. Da noch kein bisschen müde. Und deshalb noch ein wenig sitzen blieb und rauchte und auf Vladimirs Antwort wartete. Die nicht kam. Da der Blutsauger verpennt hatte. Wahrscheinlich.

Und stattdessen die Rote plupte und sich über Pablo beschwerte. Der sie hatte hängen lassen heute im Chat. „Was meint der eigentlich, wer er ist?" Das liess die Rote sich nicht bieten. Von keinem Mann mehr bieten. Auch nicht von einem verhinderten Copa Cabana Tänzer. Der wahrscheinlich hohl im Kopf. Ach, zum Glück war das alles auf Distanz. Gegebenerweise. Oder was denn Anna zu diesem Störfall finde? Und die Antwort erst gar nicht abwartete. Sondern endlich mehr wissen wollte. Über Brigitte Burgunder. Und meinte, das hätte sie Anna nicht zugetraut. Nicht ihr. So eine Luderei. Das sehe ihr überhaupt nicht ähnlich.

Aber irgendwie witzig. Und jetzt, da die Brigitte mal geboren und sozusagen ihrer beider Freundin sei, könne sie ja für diese Freundschaft auch was tun. Ein Freundschaftsdienst, ein kleiner. Und dem Pablo eine Freundschaftsanfrage senden. Nur so zum Spass. Und ein wenig zum Testen. Ob er wohl für Brigitte Zeit hatte heut Abend. Nachdem er sie so schmählich vor dem Bildschirm hatte sitzen lassen. Der Sack.

Anna plupte, dass mache Brigitte gerne. Ganz bestimmt. Sei für fast jeden Streich zu haben. Das Jungblut im Übermut. Und die Rote kicherte trotz Frust. Und verabschiedete sich plup bis morgen.

Und Anna wartete noch ein bisschen auf Vladimir, der nicht kam. Der Siebenschläfer. Und schickte deshalb Jochen einen Gute-Nacht-Kuss. Welcher umgehend erwidert wurde. Vom mitternächtlichen Tanzbären. Der jetzt gern ein Schmusebär wär, wohnte Brigitte nicht so weit weg. In den endlosen Weiten der Burgunder Reben.

Und Anna fand, eine warme Bärenpranke wär tatsächlich wohltuend. Jetzt, zu später Stunde. Behutsam um ihre Schultern gelegt. Und Blick von Bär und Frau in die Hügel des Burgunds.

Und liess sich endlich ins Bett fallen. Beinahe so satt wie die Made im Speck.

8

Freitag. Und bald Abend. Und somit wieder mitten drin im Geschehen.

Anna gingen die Bücher locker von der Hand. Ein entrücktes Grinsen im Gesicht. Die ist verliebt, mutmasste die Lehrtocher. Wurde jedoch eines Besseren belehrt. Von Annas Mitarbeiterinnen. Das sei auszuschliessen. In Annas Alter. Mit an Sicherheit grenzender Wahrscheinlichkeit.

Anna selbst sagte nichts. Ging leichten Schrittes durch die Regale. Trotz schwerer Bücherstapel. Alphabetisierte konzentriert um des Alphabetes Willen. Steckte dann und wann die Nase in die Seiten. Atmete den Duft der Bücher. Diesen einladenden und anziehenden Geruch. Wie damals in ihren ersten Berufsjahren. Als noch alles aufregend und herausfordernd. Und fühlte dabei ihr schelmisches Herz hüpfen. Ausgelassen wie vor zwanzig Jahren. Weil am Wochenende alles möglich, das Leben goldene, prickelnde Verheissung. Es geht mir gut, fand Anna. Es geht mir gut wie selten und lange nicht mehr.

Und kaufte farbige, fettige Glückshäppchen, die sich einladend zu den Seiten des Computers drapieren liessen: Oliven, Parmesan, Rohschinken. Und Artischockenherzchen. Pralle, dralle Lebensfreude in Öl eingelegt. Die zu Annas berauschter Stimmung passten. Und natürlich einen Wein und zwei Pack Zigaretten. Und hüpfte beinahe durch die Strassen, kleine Anna. An der Hand die grosse Freundin Brigitte Burgunder.

Und bereits Post von Vladimir Vampir auf die zwei Schönen wartend:

Guten Tag Brigitte Zarthals, hoffe, du hast gestern Nacht nicht zu lange vor dem Computer ausgeharrt! Der Grund für mein nächtliches Manko ist weniger geheimnisvoll als mühevoll: Der Deckel meines Sarges liess sich nicht öffnen, weil die Fledermäuse unserer Siedlung auf mir Jahressitzung hielten. Und wenn die alle zusammen kommen, sag ich dir meine Schöne, hat das Vieh ein ganz ordentliches Gewicht. Geschwätzig wie sie sind, haben sie die Sitzungsdauer um eine volle Stunde überzogen und somit war mein Ausgang für gestern gestrichen. Dafür bekam ich den Sargdeckel ordentlich vollgeschissen. Gratis und franko. Und einen von Leere knurrenden Magen dazu. Du siehst holde Maid, keine andern Hälse geküsst und kein fremdes Blut getrunken. Nur Opfer höherer Umstände. Bin deshalb bei Tageslicht aus meiner Gruft gekrochen. Muss aber höllisch aufpassen... auf das Licht...und ahi...fast erwischt... Melde dich, du zarte Braut, und falls du einen zuverlässigen Sargreiniger kennst, lass es mich wissen...

Anna übergab Brigitte das Zepter. Widerstandslos. Gönnte sich selber im Gegenzug einen zünftigen Schluck. Serge Hüttenmoser dabei geflissentlich übersehend, der aus dem Chat plupend fragte, ob Brigitte sich schon für eine zweisame Liebesstadt entschieden habe.

Ehrwürdiger Vladimir, schrieb Brigitte, und Anna wunderte sich, dass Brigitte eine so vornehme Schreibe hatte, lehnte sich zurück und las weiter: Du weisst gewiss, schöne Frauen sollte Vampir nicht auf sich warten lassen. In Anbetracht der misslichen Lage, in der du dich befandest, will ich jedoch Gnade vor Recht ergehen lassen. Dieses eine und einzige Mal! Und heut um Mitternacht nochmals auf dich warten. Soviel vorab: Bei Sargreinigern kenn ich mich leider nicht aus. Erstens bin ich so jung, dass ich mich weigere, ans Sterben und an die damit verbundene Kiste zu denken. Zweitens hab ich vor, meinen Sarg nach meinem Ableben nicht selber zu putzen, sondern diese Arbeit von einem professionellen Sargpfleger erledigen zu lassen.

Sag mal, was treibst du eigentlich so, die ganze Zeit in deiner dunklen Stätte? Ich denke, du kannst ja schlecht dreiundzwanzig Stunden am Stück schlafen. Oder den Fledermäusen zuhören. Oder dem Geräusch von ihren plumpsenden Geschäften. Wie auch immer, in freudiger Erwartung auf mehr Vampirinfos.

Deine BrigittevollBlut.

Anna fand, das sei Brigitte gut gelungen. Ausnehmend gut. Und machte sich erstmal über die Häppchen her, dazwischen munter rauchend.

Flirtete anschliessend ein bisschen mit dem Bären, der auch an diesem Abend in Tanzlaune war. Und Brigitte gerne im Burgund besucht hätte. Mit ihr durch die Reben geschlendert. Und geschmust hinter Hecken. Ja, der Bär schien mutterseelenallein, fand Anna. Wie sie selbst. Bevor Brigitte kam. Dank der jetzt alles anders war. In deren Gesellschaft Anna sich traute. Witze zu reissen. Zu flirten und zu fantasieren. Und dank der immer viel Bewegung war. In Anna drin. Und auf ihrem Fenster zur Welt. Und die den Bären jetzt tröstete und ihn fragte, ob er in jedem Weinbaugebiet eine Braut habe. Was der Bär bejahte: Denn er sei ein polygamer Bär. Weitreisend und vielliebend. Dem noch nie ein Weibsbild widerstanden habe.

Und Brigitte wiederum widerstanden nicht viele Mannsbilder:

Matthias Bergen
Rafael König
Johannes Schmid
Und siebenunddreissig andere.

Wollten mit ihr befreundet sein. Brigitte bestätigte sie alle. Und hatte somit schon über fünfzig Freunde. Bekam Kätzchen, Küsschen und Herzen geschenkt. Die sie ignorierte. Wollte keinen, der mit vorgefertigten Symbolen und Sprüchen um sie buhlte. Zwischen Frau und Kind. Wenns denn dumm lief. Und ein Doppelleben führte. Und ertappte sich gleich selber bei der Mogelei. Beruhigte sich und sprach Brigitte frei. Unschuldig im Sinne der Anklage, da Brigitte ein Teil von Anna. Ganz offensichtlich. Und sehr lebendig. Und beide vogelfrei und ungebunden. Und stellte die Moral zurück ins Regal.

Und chattete ein Weilchen mit der Roten. Die neidisch war auf Brigittes farbenprächtige Welt. Und sich Gedanken machte. Über einen eigenen Fakeaccount. Was Anna begrüsste. Und begannen gemeinsam Gedanken zu spinnen. Ob männlich. Ob weiblich. Ob Mensch. Ob Bär. Die Rote meldete sich schliesslich ab. Wollte sofort mit den Vorbereitungen beginnen. Etwas musste man ja tun. Jetzt, da Pablo kein Interesse mehr hatte. Am Daten am Fusse des Zuckerhutes. Und die Rote kein Interesse mehr hatte. Am Warten. Und am auf Männer schimpfen. Immer und immer wieder. Schlichtweg die Nase voll hatte. Ganz ehrlich. Von dem elenden Mechanismus. Und stattdessen etwas ändern wollte. Heut und jetzt. Und raus aus der Opferrolle. Sich ab sofort ein Beispiel an Brigitte nahm. Und sie daran erinnerte, Pablo zu testen. Mit einer aufreizenden Mail. Oder etwas Ähnlichem. Nur für den Fall der Fälle.

Und Brigitte, die Vielgeliebte, hatte plötzlich enorm viel zu tun. Da Vladimir heut unüblich früh aus der Grotte gekrochen:

Liebste Brigitte Burgunderblut, klug und einfühlend hast du erkannt: Die Zeit ist lang hier unten. Aber vor Facebook war es schlimmer. Brachland total in meiner Kiste. Hatte mir deshalb ein Hobby zugelegt. Das platzsparend und zeitfüllend ist: ich schreibe Gedichte. Und wenn eines geschrieben und gelungen ist, dann les ich es mir vor. Und höre mir gleichzeitig zu. Schreiben, Lesen, Zuhören. Lässt die Zeit verstreichen. Auf recht angenehme Weise. Dass du in deinem zarten Alter nicht an den Tod denkst, ist weise. Tot ist man automatisch. Irgendwann. Und je nachdem ewig. Es lohnt sich also die Lebenszeit aktiv zu nützen.

Lass mich raten, liebe Brigitte, wie dein Leben aussieht: Drall und üppig wie der Busen auf deinem Profilbild? Wage meine Meinung kundzutun und sage: Ich glaube nicht. Dafür sind deine Worte zu grazil. Zu filigran deine Ausdrucksweise. Erlaube mir die derbe Bemerkung: Deine Sprache passt nicht zu deinen Brüsten. Ich mutmasse natürlich nur. Und bedenke, ich mutmasse von tief unten. Also hilf mir und schick mir eine Beschreibung deiner Leidenschaften in mein kühles Grab. Vielleicht inspirieren sie mich zu einem neuen Gedicht! Musste nämlich feststellen, dass ich mich zu wiederholen beginne. In meiner untoten Lyrik. Und das langweilt ungemein. Ergeben. Vladimir

Brigitte fühlte sich ertappt. Anna fühlte sich berührt. Beide zusammen rauchten erstmal zwei Zigaretten. Und lasen nochmals die Zeilen des Vampirs. Wie schön, der Vampir war ein Poet. Fand Anna. Und machte sich daran ihm zurückzuschreiben.

Als eine Nachricht von Serge einging: Geheimnisvolle Fremde, lass mich nicht länger zappeln! Du bist die Sonne in meinem traurigen Leben, melde dich!

Brigitte riet, das Schmierenstück zu ignorieren. Anna hingegen wollte auf ihr Gewissen hören. Das schlechte. Weil eigentlich das Ganze eine mächtige Verarschung. Nüchtern betrachtet. Mut- und böswillig Unschuldige an der Nase herumgeführt. Denn was, wenn Serge jetzt wirklich todtraurig? In seiner Verzweiflung nach Frankreich fahrend. Brigitte dort suchte um sie nirgends zu finden. Deshalb ins Wasser ging. In den Lac de Burgund. In den Rivière de Vin. Oder in welches Gewässer auch immer. Und seinem tristen Leben ein Ende setzte. Und Anna für alles verantwortlich, angeklagt und verurteilt und überhaupt unter Schuldgefühlen begraben und gesellschaftlich geächtet bis an ihr Lebensende? Und schielte zu Brigitte rüber. Die jetzt laut lachte, und Anna mit ihrem girrenden Gelächter zurück auf den Boden holte. Und ihr sagte, das sei die Stimme ihrer Eltern. Die sie – zäh wie Zementit – verinnerlicht habe. Das sei hier das einzige Problem. Und der Serge habe neben Brigitte bestimmt noch zwei, drei andere Möglichkeiten in seinem Mitleidsköcherchen. Und könne man jetzt endlich dem Vampir zurückschreiben? Und den Serge dort stehenlassen, wo er halt mal stehe: In seinem eigenen selbstgebastelten Unglück. Welches Anna wiederum selber bestens kenne. Und aus welchem sie nun bereit sei auszuwandern. Gott sei Dank und endlich.

Und Anna fand, sie habe ein Riesenglück, eine so weise Brigitte Burgunder an ihrer Seite zu haben.

Und schrieben dem Vampir somit gemeinsam zurück:

Willkommen zur baldigen Geisterstunde lieber Vladimir! Damit du wieder inspiriert bist, sollst du wissen: Meine ganze Leidenschaft gilt dem geschriebenen Wort. Vom Schwank bis zur Schäferdichtung fresse ich alles. Glückspilz du dichtender, der du auf mich gestossen bist. Und bin jetzt natürlich neugierig, was du für Verse schmiedest. Schick doch mal was von dir zu mir. Von unten nach oben.

Verraten sei dir zudem, dass ich zur Lektüre gern Burgunder trinke. Drängt sich auf bei meinem Namen. Zudem bin ich freudvolle Raucherin. Was mir wahrscheinlich hundert Minuspunkte einträgt. Oder paffst du vielleicht selber unter deinem schwarzen Deckel? Weil bei euch unten auch überall Rauchverbot? Wie auch immer. Jetzt kennst du bereits drei meiner Leidenschaften, denen ich gern und stets gut décolletiert fröne. Denn das eine muss das andere nicht ausschliessen, lieber Vladi. Zumindest nicht bei uns Lebenden. Ich wünsch dir eine Geisterstunde mit Biss und Blut und freu mich auf dein Gedicht! Brigitte

Und Anna erinnerte Brigitte daran, dass sie Pablo noch eine Freundschaftsanfrage machen sollte. Was Brigitte gewissenhaft erledigte. Und selber gleich noch ein paar Anfragen bestätigte:

Bruno Ciacco
Ewiges Bier
Freddi Meyer

Und dreiundvierzig andere. Bald neunzig Freunde zusammen. BB das fb Superweib. Und das ewige Bier schickte Brigitte eine Veranstaltungseinladung. Fürs Oktoberfest in München. Obwohl noch reichlich lange, bis dahin. Fand Anna. Und schrieb dem Ewigen, sie habe es mehr mit dem Wein. Von dem Anna an diesem Punkt wieder mal genug getrunken hatte. Und bestens bettschwer. Überhaupt Zeit für die Federn. Und der Pablo noch die Freundschaft bestätigte. Und gleich noch eine Mail anhängte:

Dear Brigitte you are beautiful! I like your lips and your boobs!

Und Anna fand, die Rote tue gut daran, sich neu zu orientieren.

9

Der junge Franziskaner sitzt
Einsam in seiner Klosterzelle,
Er liest im alten Zauberbuch
Genannt der Zwang der Hölle.

Und als die Mitternachtsstunde schlug,
Da konnt er nicht länger halten,
Mit bleichen Lippen ruft er an die Unterweltgewalten.

Ihr Geister! Holt mir aus dem Grab
Die Leiche der schönsten Frauen,
Belebt sie mir für diese Nacht,
Ich will mich daran erbauen.

Er spricht das grause Beschwörungswort,
Da wird sein Wunsch erfüllet,
Die arme verstorbene Schönheit kommt,
In weissen Laken gehüllet.

Ihr Blick ist traurig. Aus kalter Brust.
Die schmerzlichen Seufzer steigen.
Die Tote setzt sich zu dem Mönch,
Sie schauen sich an und schweigen.

Für meine zarte Brigitte. Dein Vladimir Vampir.

Welch anregend Gedicht, fand Anna. Auch wenn es nicht aus des Vampirs Feder stammte, sondern entwendet. Und teilte ihr Wissen mit Brigitte. Die keine Ahnung hatte von Heinrich Heine. Nur meinte, Vladimir klaue zielsicher. Und gebe sich verletzlich. Und die Frauen lachten und liehen gemeinsam bei Ingeborg Bachmann ein Antwortgedicht aus.

> Nacht aus Schlüsselblumen
> und verwunschenem Klee,
> feuchte mir die Füsse,
> dass ich leichter geh.
>
> Der Vampir im Rücken
> übt den Kinderschritt,
> und ich hör ihn atmen,
> wenn er kreuzweis tritt.
>
> Folgt er mir schon lange?
> Hab ich wen gekränkt?
> Was mich retten könnte,
> ist noch nicht verschenkt.

Die restlichen sieben Verse schenkten sie sich. Liessen sie bei Ingeborg. Oder sparten sie auf für später. Komme, was kommen möge.

Und sich Überblick verschafften, was sonst noch so passierte. In Brigittes Welt. Neuer Abend, neues Glück, wer weiss, was los im Wunderland.

Das Ewige reimte: Spülst das Bierchen zügig runter, bist danach sehr fit und munter.
Und Brigitte mahnte: Ist das Bierchen dreimal leer, wird der nächste Tag arg schwer.

Traf später im Chat auf die Rote. Die wissen wollte, was mit Pablo. Und angelogen wurde. Eine notwendige Notlüge, fand Anna. Unnötig der Freundin mitzuteilen, dass der Pablo sich vor allem für Brigittes Lippen und Sonstiges interessierte. Und deshalb schrieb, der sei stumm wie ein Fisch. Und die Rote antwortete, Brigitte solle nachhaken, vielleicht eine nette kleine Mail. Oder ein paar Anstupser. Da der Pablo von Natur aus schüchtern. Und Anna meldete gehorsam, das werde sie tun.

Und stattdessen ein paar Freundschaftsanfragen bestätigte:

Rolf Köbi
Silvio Meier
Nils Holgerson
und
Rolf Wegmann.

Anna stutzte und glotzte. Dachte, sie hätte sich verlesen. Und schaute nochmals:

Rolf Wegmann.
Tatsächlich.
Rolf Wegmann

Hatte Brigitte Burgunder eine Freundschaftsanfrage gesandt. Würde Brigittes dreiundneunzigster Freund werden. So denn Brigitte bestätigte. Aber Anna war sich alles andere als sicher, ob Brigitte bestätigen sollte.

10

Anna brauchte eine Zigarette und Zeit. Um weiter auf die Buchstaben zu starren:

Rolf Wegmann.

Und dachte erst, der verarscht mich. Befürchtete bald, der wisse alles. Ängstigte sich, der habe den Fake durchschaut. Und inhalierte kräftig und wartete. Auf einen klaren Kopf im Nebel. Ignorierte Jochen Römer. Der tanzen wollte. Wie immer um zehn vor zehn. Wo ein Wille ist, ist auch ein Weg. Der Spassbär. Und starrte weiter und konnte es noch immer nicht glauben:

Rolf Wegmann. Möchte mit dir auf fb befreundet sein.

Bis Anna endlich klar sah: Der wusste nichts. Der wollte anbandeln. Schlicht und einfach. Mit Brigitte. Sich an sie heranmachen. Ihr Ex und das mädchenhafte Fräulein Burgunder. Die Schöne und das Biest. Beinah. So klein die Welt. Fand Anna kleinmütig. Und dazu noch liederlich. Und trank noch ein Glas Wein. Viel zu angegraut der Rolf. Und zu langweilig. Für Brigitte. Und zudem bereits verbandelt. Unheimlich glücklich. Und sinnstiftend. Hatte er Anna gesagt. Und Anna schluckte und zündetet sich mit dem alten Glimmstengel die neue Zigarette an.

Als die Rote plupte:

Achtung dein Ex ist seit zwanzig Minuten mit mir befreundet. Nicht wundern, wenn der sich bei dir oder Brigitte meldet!

Schon passiert.

Antwortete Anna. Und wusste mit Bestimmtheit dass es den Zufall nicht gab. Nur Vernetzungen. Stattdessen. Und Verstrickungen. Kleinere und grössere. Letzteres in diesem Fall.

Gibs ihm!

Forderte die Rote.

Keine Bange, wer sich wagt an die Burgunder, erlebt alsbald sein blaues Wunder.

Blendete Anna.

Und beschloss, sich erst mal Zeit zu lassen. Und Rolf Wegmann schmoren zu lassen. In seinem eignen Saft. Schliesslich hatte Anna auch lange gewartet. Bis sie Rolf verdaut. Und jetzt sollte Rolf warten. Bis Brigitte ihn erhört. Oder auch nicht. Auge um Auge. So ein klein bisschen. Und Zahn um Zahn. Konnte nicht schaden in diesem Fall.

Und klickte zum Bären aufs Profil und sang mit ihm ein Gutenachtlied. Um zehn nach elf. In welches das Ewige einstimmte. Mit einem ordentlichen Humpen. Prosteten und debattierten zu dritt

und Anna leerte die Flasche bis auf den Grund.
Den Rolf ertränken. Für ein paar Stunden. Das
sei vertretbar, fand Anna. Und Brigitte war ganz
ihrer Meinung.

Wartete anschliessend nicht auf Vladimir. Ignorierte die Nachricht von Nils Holgerson. Obwohl:
wär gerne mit den Wildgänsen gezogen. Anstatt
mit Brigitte unsanft auf der Erde zu landen. Und
somit wieder in ihrem eigenen Leben.

In Annas Leben.

11

Welche in den folgenden Tagen einen Bogen um den Computer machte. Abends länger in der Bibliothek blieb. Und Dinge erledigte. Wichtige und unwichtige. Bücher stapelte. Von links nach rechts und wieder zurück. Unter den besorgten Blicken ihrer Mitarbeiterinnen. Sie hat sich wieder entliebt, kommentierte die Lehrtochter. Sie war nicht verliebt, nicht in ihrem Alter. Wie oft muss man dir das noch erklären? Korrigierte der Rest der Belegschaft.

Und Anna hielt sich an den Büchern fest, und an den handfesten Stapeln, zu denen sie sich türmten. Den Rolf links liegen lassen? Oder rechts überholen und schnell und schnittig an ihm vorbeiziehn? Eine Entscheidung war fällig. Fiel schwer. Und wurde trotzdem gefällt. Von Anna. Endlich und nach einer langen Woche.

Machte an diesem Abend pünktlich Feierabend. Und installierte sich, zu Hause angekommen, direkt vor dem Computer. Brigittes Mailbox voll bis unters Dach. Dazu sechsundfünfzig Freundschaftsanfragen. Willkommen daheim Brigitte und Anna! Lasst euch nicht abhalten von einem Flicken aus der Vergangenheit. Im Gegenteil: Der Rolf ist fällig. Und der Vampir, das Bier und der Bär, alle schwer vernachlässigt.

Und bestätigte sechsundfünfzig Freundschaftsanfragen. Plus die eine von Rolf Wegmann.

Der Rest war warten. In Gesellschaft einiger Vladimir Mails:

Guten Abend Königin des Burgunds. Danke für das Gedicht. Ingeborg Bachmann. Dass weiss jeder Wicht. Sogar einer wie ich, fern vom Licht! Doch weshalb nur die ersten drei Zeilen? Schreiben wir die restlichen sieben zusammen? Gemeinsam? Irgendwann?

Und vierundzwanzig Stunden später:

> Wo die Halme zelten
> um den Felsenspund,
> bricht es aus der Quelle
> altem, klarem Mund:

Hat mein loses Mundwerk dich vertrieben? Oder wilderst du in andern Gräbern? Ich setzt mich auf meinen Sarg und warte bis es hell wird...

Und fünfzig Stunden später:

> Um nicht zu verderben,
> bleib nicht länger aus,
> hör das Schlüsselklirren,
> komm ins Wiesenhaus!

Vladimir Vampir an Brigitte Burgunder: Melde dich! Glaub mir, dein Schweigen war ausreichend geheimnisvoll. Bin mittlerweile gut abgehangen. Hier auf meinem Sarg sitzend. Habe gestern Fledermäuse gezählt und bin darüber eingeschlafen... Für heute werd ich mir was anderes einfallen lassen... Das Leben ist einsam ohne dich, Brigitte Burgunder. Wo bist du bloss, es nimmt mich Wunder! Und die letzte Nachricht nach über siebzig Stunden:

> Reinen Fleischs wird sterben,
> wer es nicht mehr liebt,
> über Rauch und Trauer
> nur mehr Nachricht gibt...

Lege mich in meinen Sarg zurück. Warte bis deine lieblichen Worte mich neuerlich erwecken. Warte zur Not auch hundert Jahr und mehr. Dein Vladimir halb- und untot. Vor Sorge und Sehnsucht. Und Eifersucht.

Und Brigitte erlöste den Vampir:

> Mit der Kraft des Übels,
> das mich niederschlug,
> weitet meine Schwinge
> der Vampir im Flug.

Hallo lieber Vladimir, entschuldige die lange Wartezeit! Schlamperei, ich weiss. Aber hatte viel zu tun in den Reben. Baldige Weinlese und zuvor einen Schädling entdeckt. Den es zu bekämpfen galt. Und fiel jeweils todmüde vor Mitternacht ins Bett. Also Sorge und Eifersucht unnötig. Aber jetzt ausgeschlafen und wieder da. Du blutleerer Reimeklauer du! Bei Heine hast du abgekupfert. Brauchst mir also meine Ingeborg nicht vorzuhalten. Spricht jedoch für dich, dass du liest. Da unten

in deinem Grab. Das gefällt mir. Andere würden
fernsehen. Und dabei im Laufe der Jahrhunderte
blöd werden. Also aufstehn Vladimir, bringen wir
das Gedicht zu Ende! Deine Brigittewiederkehr.

Anna seufzte. Weil da so was Vertrautes war.
Zwischen Vladimir und Brigitte. Fand Anna. Und
wurde umgehend von Brigitte abgemahnt. Weil
bedrohlich und gefährlich. Für eine Eroberin und
Freibeuterin. Mit dem Herzen einer einsamen
Wölfin. Die flirtete und Männer frass. Zur Not.
Wie bald den Rolf Wegmann. Und auf sich allein
gestellt. Und Vertrauen nur in sich selber. Vertrauen in andere stand quer in der Landschaft. Machte
verletzlich. Und somit unbrauchbar. Eben erst
genesen, arme Anna. Mehr oder weniger. Von der
letzten vernichtenden Schlacht wieder auferstanden. Und monatelang an den Blessuren gedarbt.

Also fort mit Gesäusel und Gefühlsduselei! Befahl
Brigitte. Und Anna gehorchte. Man musste jetzt
vernünftig bleiben. Da hatte Brigitte vollkommen
Recht: Das hier war ein Spiel. Ein erheiternder
Schabernack. Und Anna gelobte, sich fortan an
die Spielregeln zu halten.

Trug deshalb gewissenhaft ihre Mails ab. Damit
jeder Spieler zum Zug kam. Beantwortete fünf,
zehn, fünfzehn Nachrichten. Von Männern, die
gern ausgehn wollten. Mit Brigitte:

Zum Essen.
Zum Apéro riche.

Zum Tanzen.
Auf den Eiffelturm.
Zur Bootsfahrt aufs offene Meer.

Waren alle wenig einfallsreich, fand Anna. Und veranlasste Brigitte jedem einzelnen einen Korb zu geben. Und diesmal gehorchte Brigitte. Ganz gern. Weil sie sich nach der Pflicht noch tummeln wollte. Mit alten Bekannten. Mit Bier und Bär. Und Anna dachte, auch Brigitte sucht Vertrautes. Freie Freibeuterin von wegen! Papperlapapp. Allenfalls zum Teil. Und der andere Teil weich wie Butter.

Und widmeten sich endlich der letzten Nachricht. Der von Rolf Wegmann:

Schöne Brigitte, dies ist wohl eine ungewöhnliche Kontaktaufnahme, ich weiss. Habe dich beim Surfen auf fb zufällig entdeckt. Und kriege dein Profilbild seither nicht mehr aus meinem Kopf raus.

Sapperlot, fand Anna. So ein Kriecher. Und las weiter:

Bin ein Herr mittleren Alters, ungebunden und junggeblieben und habe Freude an neuen Kontakten.

Und Anna begann zu lachen. Und Leichtigkeit machte sich breit. Ums Herz herum. Und im Bauch. Erleichterung, weil die Anmache so humor- und ideenlos. Hundertmal gelesen, längst ausgelesen. Wie Rolf selbst. Ausgelebt. Und wollte sich jetzt wiederbeleben. An Brigittes Lebendigkeit.

Aber der Rolf war ausgeliebt. Für Anna. Liebe und Schmerz in langen Tagen und Nächten abgebaut und abgeflaut. Und Anna las erheitert weiter:

Ich wandere gern, bin ehrlich und Nichtraucher. Würde mich freuen, wenn du dich meldest. Liebe Grüsse (noch) unbekannterweise. Rolf Wegmann

Soso, dachte Anna, du ehrlicher Wanderer geh ruhig glücklich deines Weges. War froh, dass eine Freundschaftsanfrage blinkte. Und sie somit abgelenkt.

Angelo Stallone möchte mit dir auf fb befreundet sein.

Und ein geölter Kraft- und Muskelprotz Brigitte anstrahlte. Herb Ritts vom Feinsten. Und mehr Leben versprach. Als ihr schlummernder Ex. Also klick und bestätigt und wenige Sekunden das Posting von Angelo auf Brigittes Pinnwand:

Grazie dell'amicizia, sei il sole della mia vita!

Anna verstand nicht viel italienisch. Aber das hier klang nach einem Kompliment. Bedankte sich deshalb, grazie Angelotto. Und nahm sich vor, später die Rote nach der genauen Übersetzung zu fragen.

Wollte sich aber erst ein Päuschen gönnen. Und endlich den Bären anstupsen. Und das Bier. Einer von beiden hatte sicher Zeit. Und stupsten zurück. Gleich beide. Keine zwei Sekunden nacheinander.

Willkommen zur Happy Hour! Postete das Bier.
Ich verkleid mich heut als Cüpli.

Und Jochen meinte, er käme als Bär im Schafspelz.
Brigitte mochte gern festen mit allen beiden. Und
nahm sowohl das Bier als Cüpli, wie auch den
Bären als Schaf mit auf die erfundene Party.

Und plötzlich war auch Fest Nudel da und kommentierte: Halt, nehmt mich mit, kein Fest ohne
Fest! Dass ihr mir das ja nie vergesst!

Und Anna begann sich zu fragen, ob wohl Bär,
Bier und Fest einen gemeinsamen Schöpfer hatten.
Doch blieb keine Zeit für langes Stutzen. Denn
auch Vladimir brachte sich wieder ins Spiel und
trieb sein Gedicht voran:

> Mit der Kraft des Übels,
> das mich niederschlug,
> weitet seine Schwinge
> der Vampir im Flug.

Willkommen zurück, Liebste. Bin erleichtert und
bereichert, dass du wieder da! Meine Schwingen
würd ich jetzt gern ausbreiten und dich entführen.
In meine Gruft und das Gedicht mit dir gemeinsam
zu Ende lesen. Auf Teufel komm raus.

Und Brigitte sprang freudig und freiwillig in die
Kellereien, den nächsten Vers im Gepäck:

> Hebt die tausend Köpfe,
> Freund- und Feindgesicht,

vom Saturn beschattet,
der den Ring zerbricht.

Geheimnisvoller sag, haust bei dir unten der Satan? Als zusätzlicher Mitbewohner neben dir und den Fledermäusen? Welch ehrwürdige Gesellschaft. Stille meine Neugier Vladimir! Schliesslich stolpert eine einfache Weinbäuerin aus dem Burgund nicht täglich über einen Vampir aus Transsylvanien.

Klickte auf senden und war gerade rechtzeitig frei für die Rote. Die geheimnisvoll tat, wieder einmal, fand Anna. Beim heutigen Plupen. Und wissen wollte, ob Brigitte viele Freundschaftsanfragen bekommen habe. Wie immer, meinte Anna. Es kommt so einiges zusammen. Weshalb? Und die Rote kicherte. Im Chat, und fragte, was Brigitte denn von Angelo Stallone halte. Und Anna endlich begriff und lachte. Die Rote war Angelo. Angelo Stallone war Annas beste Freundin. Grande und grossartig. Hätte Anna auch selber drauf kommen können. Und erzählte noch ein wenig von Rolf Wegmann. Verabschiedeten sich bald, da alle vier noch alle acht Hände voll zu tun.

Und schon wieder eine Mail in Brigittes Briefkasten gelandet. Vladimir online. Lange vor Mitternacht:

    Ist das Mal gerissen
    In die Nackenhaut,
    öffnen sich die Türen
    grün und ohne Laut.

Lass uns dieses Gedicht beenden! Es zieht sich in die Länge, ohne wirklich was herzumachen. Nein hier unten haust kein Teufel. Den gibt es nicht. Nirgendwo. Diesem üblen Schwefler mit Hörnern wird sowieso zu viel Bedeutung beigemessen. Ist nichts als eine eindrückliche Metapher. Für die Abgründe unserer eigenen Seele. Das wusste schon Jung. Und nach ihm viele andere: Wie sagte doch ein grosser Mann einst? „Das Böse teilt sich das Herz mit dem Guten. Es ist an uns zu entscheiden, wem wir mehr Raum geben." Und wenn du mir nun noch sagst, schöne Brigitte, von wem dies Zitat, so will ich in alle Ewigkeit dir treu ergeben sein. Und in keine fremden Hälse mehr beissen. Nie mehr wieder.

Da liess Brigitte sich nicht lumpen. Und beendete erst das Bachmann Gedicht:

> Und die Wiesenschwelle
> glänzt von meinem Blut.
> Deck mir, Nacht, die Augen
> mit dem Narrenhut.

Auch ich finde die Verse etwas seicht. Noch nicht mal richtig gruselig. Und auch den Narrenhut zieh ich mir nicht über: Denn ich weiss nicht nur von wem das Zitat, sondern ich weiss auch aus welchem Buch: Alexander Solschenizyn: Der Archipel Gulag. Da staunst du, du bleicher Sauger? Du liest also russische Literatur, lieber Vladimir. Aber natürlich, Russland liegt ja sozusagen gleich um die Ecke deiner Heimat. Und wie geht es jetzt mit uns weiter? Du im dunkeln Gemäuer und ich

in den grünen Reben. Licht und Schatten auch hier.
Und das Gedicht ist beendet und das Rätsel gelöst.
Nur bleibt da noch ein Versprechen: Du hast mir
Treue versprochen. Ein ganz schöner Brocken. An
dem schon Normalsterbliche kauen. Oft ein Leben
lang und des Öftern vergebens. Und deshalb das
Monster Monogamie erbost wieder ausspucken.
Ich werde ein paar Fässer Wein beisteuern müssen.
Wenn wir das wirklich runterspülen wollen. Nehm
ich an... Oder packt ein Vampir so was im Flug?

Und Anna klickte zufrieden auf senden. Und hatte
sofort Brigitte im Nacken. So nicht, Anna dreist,
so nicht! Das ist alles zu verbindlich. Stop. Halt.
Aus. Hier hat Brigitte das Zepter in der Hand.
Und somit das Sagen. Und sie sagt, dass sich hier
niemand einlässt. Nur Spiel mit Regeln und das
erkläre sie Anna jetzt schon zum Zweiten. Zog
dabei einen reizenden Schmollmund. Und fügte
an: Dem Vladimir gefalle ICH: er schreibt meinem
Gesicht. Meinen Augen und meinem Mund. Und
es ist mein Hals, in den er beissen möchte. Mein
weisser, neunundzwanzigjähriger, makelloser
Hals.

Das war ein k.o. Schlag, für Anna. Geist gegen
Körper. Wer würde es wagen? Anna vielleicht.
Und vielleicht der Vampir. Und ins Leere fallen,
alle beide. Denn vielleicht trugen des Vampirs
Schwingen nur in der Fantasie. Und vielleicht war
Anna nur mutig im Kostüm von Brigitte. Das war
alles kompliziert. Und Angst einflössend. Und
konnte in schrecklichen Bruchlandungen enden.

Und Anna fand, Brigitte sah nicht nur umwerfend gut aus, sondern sie sei auch von unglaublich weitreichender Vernunft.

12

Vierundzwanzig Stunden später und der fällige Rolf war überfällig. Und erhielt deshalb folgende Mail:

Lieber ehrlicher, nichtrauchender Wanderer, es wundert, dass sich unsere Lebenswege gekreuzt haben, denn ich bin eine ziemlich unehrliche, kettenrauchende, in den Reben des Burgund stehende Weinbäuerin. Gebunden an meine Weintrauben ergeben sich (abgesehen vom Ungeziefer auf Blättern und Stöcken) nur selten neue Kontakte. Solltest du trotz fehlender Übereinstimmung unserer Charaktere weiterhin mein Profilbild nicht aus deinem junggebliebenen Kopf kriegen, (weshalb ist auf deinem Profil eigentlich kein Bild hochgeladen?), lass es mich wissen. Es grüsst mit dem Glas in der Hand. Brigitte Burgunder. Diplomierte Kelterin.

So. Sollte sitzen. Und den Rolf im Regen stehen lassen. Und Anna und Brigitte in Festlaune. Schauten was die Nudel so machte und überhaupt was so los war auf fb:

Das Ewige Bier postete seine Freude über das Rauchverbot in allen öffentlichen Lokalen:

Es lebe das Rauchverbot, es lebe die Trinkerlaubnis!
Prosit! Kommentierte der Bär.
Hauptsache Party! Meinte Fest.

Anna inhalierte und Brigitte fügte an:

In meinen Kellereien herrscht weiterhin Dreieinigkeit: Trinken, rauchen, festen!
Auf Brigitte, meinte der Bär!
Bier auf Wein, das lasse sein, reimte das Ewige.
I've got a feeling, that tonight is gonna be a good night...sang Fest.

Bier, Bär und Fest waren einmal mehr gleichzeitig online. Erstaunlich die drei. Oder wer auch immer dahintersteckte. Und Brigitte hatte noch ein paar Freundschaftsanfragen zu bestätigen. Siebenundzwanzig am heutigen Abend. Und betrachtete selbstgefällig die Anzahl ihrer Freunde: Hundertundeinundzwanzig. Welch stolze Zahl, fand Brigitte. Und dachte an Anna und an deren kümmerlichen Freundeshaufen. Und merkte, dass nie mehr auf Annas Profil gewesen. Sozusagen nichts mehr wusste. Von Anna Wegmann. Und deren Leben. Wollte das ändern. In Bälde. Wurde jedoch bereits wieder abgelenkt. Von Annas Herz, das einen Sprung in die Höhe tat. Weil der Vampir auch heute zu früher Stund erwacht:

Liebste Brigitte, danke, du hast das Gedicht in Ehren zu Ende gebracht. Nicht, dass ich dir die Närrin gegeben hätte, oh nein, nie und nimmer! Aber dass du den Solschenizyn errätst, das hat mich dann doch erstaunt! In deinem zarten Alter. Und meine Ehrfurcht vor dir wachsen lassen: So viel Geist und so viel Körper.

Und Anna rieb sich die Augen und lass die Zeilen nochmal:

So viel Geist und so viel Körper.

Und Anna hatte die traurige Gewissheit somit schwarz auf weiss: Sie durfte Brigittes Körper nicht verlassen. Denn Vladimir liebte beides. Und Brigitte ohne Anna war nur Körper. Und Anna ohne Brigitte nur Geist. Und las widerstrebend weiter:

Fast kommt einem der Verdacht, du seist erfunden. Doch vielleicht kamen dir bei meinem Profil ähnliche Zweifel. Deshalb wisse Königin Weisshals, werde ich die Weinfässer mit dir nicht aus Verzweiflung sondern aus Freude leeren. Schön gediegen, eines nach dem andern. Nicht im Rausch sondern bei vollen Sinnen. Denn Treue ist in unserm Fall für mich kein Brocken, sondern eine gediegene Herausforderung. In freudiger Erwartung mehr von dir zu erfahren. Dein ergebener Vladimir.

Und Anna schluckte. Und Brigitte war sprachlos. Einen Moment. Und mahnte aufs Neue zur Vorsicht: Mensch Anna, der ist Fake wie du. Halte Abstand. Das sei dir hiermit gesagt. Zum Dritten. Und Anna schluckte und trank ein Glas Wein und hätte gerne mit Vladimir angestossen. So richtig. Nicht virtuell. Prosit Vladimir. Und dem Klirren der Gläser gehorcht. Real und echt. Ob Vampir, oder Mensch. Aber mit fassbarer Hülle. Und rauchte stattdessen wenigstens zwei reale Zigaretten.

Plupte die Rote an, die nicht reagierte, da auf Angelos Profil beschäftigt. Und bat deshalb den Italiener um Rat in Liebesdingen. Der jedoch nur wenig Geduld hatte für Brigittes Belange. Da bereits mit fünf Schönen aus aller Welt beschäftigt. Fünf Chatfenster geöffnet und plup auf allen Kanälen. Und schien Anna etwas unwirsch und gereizt. Da ziemlich überfordert.

Und Anna fand, es sei Zeit, sich von Brigitte zu verabschieden.

Vorübergehend.

Und auf Anna Wegmanns Profil zu wechseln.

13

Anna Wegmann hatte keine Nachrichten.
Anna Wegmann hatte keine Freundschaftsanfragen.
Anna Wegmann wurde weder angeplupt noch angestupst.

Anna Wegmanns fb-Leben glich der Wüste Gobi.

Doch das wollte Anna jetzt ändern. Wollte das Ödland zu bewässern beginnen. Eine Oase anlegen. Seele und Fleisch und Blut zusammen bringen. Und mutig sein. Sehr mutig. Und dem Vampir eine Freundschaftsanfrage senden.

Sass weiterhin nur da und starrte:

Vladimir als Freund hinzufügen. Ein simpler Klick.

Starrte weiter. Traute sich nicht. Vladimir gehörte Brigitte. Was, wenn er Anna durchschaute? Dahinterkam, dass Brigitte Anna war? Die sich das Foto einer Russin geliehen. Aus Spass, aus Freude, aus Langeweile. Und Einsamkeit ein bisschen. Und aus Brigittes Leben verschwand? Aus Wut. Aus Stolz. Aus Enttäuschung. Über diese schamlose Mogelpackung aus dem Burgund.

Obwohl Vladimir kein bisschen nobler handelte. Und eine ähnliche Wundertüte war. Nur etwas augenscheinlicher als Brigitte. Doch ein Vampir konnte manch dunkles Geheimnis hinter seinen

Zähnen hüten. Die so weiss und unschuldig glänzten. Da blieb man zur Sicherheit lieber selber beim schwindeln. Befanden Anna und Brigitte wieder unisono. Und würden die Wüste Gobi trocken lassen. Und nur die bewährte Oase Burgund weiterhin bewässern.

Und Anna meldete sich ab und ging unverrichteter Dinge zu Bett. Wälzte sich in den Laken. Stand wieder auf und umkreiste rauchend den Computer. Nochmals anschalten. Kurz. Und reinschauen. Unverbindlich. Und vielleicht noch ein Spässchen mit dem Bären. Völlig harmlos. Der Vampir musste warten. Machte sich schlecht: Wenn Brigitte antwortete wie auf Knopfdruck. Sah aus, als hätte sie nichts anderes zu tun. Sah aus, als würde sie warten. Auf Vladimir und seine wohltuenden Worte. Sah aus, als wär sie allein. Schlimmer, sah aus, als sei sie einsam. Sah aus als wär sie Anna.

Anna schluckte. Und Brigitte startete den Computer auf. Und hatten eine Nachricht, die sie ablenkte. Von der miesen Einsamkeit befreite. Einen kurzen und kostbaren Moment.

Rolf Wegmann hatte Brigitte eine Nachricht hinterlassen:

Liebe Brigitte, das war deutlich, du sprichst Klartext. Ich werde, dein Wunsch sei mir Befehl, bei der Wortwahl dieser Mail ebenfalls direkter sein. Ich weiss, ihr Frauen wollt erobert werden und in deinem Fall scheint es mit Plattitüden und

Komplimenten nicht getan. Du willst, dass man dich packt, du kleine Schlampe! Du forderst und du bist anspruchsvoll, zeitweise gar hochmütig, das gefällt mir, denn ich bin ein anspruchsvoller Mann! Dich zu dominieren wird mir eine Freude sein! Also nochmals von vorne:

Welch erregendes Bild: eine üppige Kelterin mit der Rebschere inmitten von Weinreben. Die bestimmt Hilfe gebrauchen kann. Vom Rolf, zeitweise auch Wolf! Vom Samen bis zur reifen Traube. Mit mir erlebst du das Abenteuer eines einzigartigen Erntedankfestes! Und jetzt da du in meiner Gewalt, lass ich dich nicht mehr los. Besser du ergibst dich rasch und widerstandslos! Chef Rolf.

Ach du Schande, dachte Anna. Der brave Rolf. Und wusste mit Bestimmtheit, die Trauer war beendet. Endlich und endgültig. Auf einen Schlag. Falls da zuvor noch etwas gewesen war. Ein schwaches Sehnen, vielleicht. Nach der guten alten Zeit. Ein stilles Vermissen. Von Rolf und den gemeinsamen Jahren. Dann war das jetzt weg. Gründlich und auf Nimmerwiedersehn, davongestoben. In die Weiten des Internets. Und des Universums. Dank Chef Rolf. Erleichterung und Heiterkeit. Mensch Anna, da bist du nochmals gut weggekommen! Welch Glück, ist der Rolf nicht schon zu Ehezeiten zum Werwolf mutiert.

Und Anna durfte Rolf den Wolf an diesem Abend vom Maul bis zum Schwanz zu Grabe tragen. Und guter Dinge dabei sein. Und der Wolf durfte sich ein anderes Schaf suchen, um es schwarz einzukleiden. Und es anschliessend lustvoll zu reissen.

Gute, gemeinsame Zeit gehabt. Und jetzt vorbei und verschiedene Wege. Fand Anna.

Und Brigitte entfernte mit einem anmutigen Klick den Wolf aus der Freundesliste.

14

Lieber, bleicher Verseschmied, du solltest wissen: Der Esprit schöner Frauen ist nicht zu unterschätzen!

Du fragst dich, ob ich echt? Welch berechtigte Frage. Nur weiss ich nicht, ob und wie ich sie dir beantworten kann. Sollte dich vielleicht einfach etwas raten lassen. Was glaubst du? Zu wieviel Prozent bin ich eine blondgelockte burgundische Kelterin? Die Heine und Bachmann kennt notabene.

Du bist, rein optisch, etwas blutleer für meinen Geschmack. Aber vielleicht könnt ich mich an die Blässe gewöhnen. Bei so viel verspieltem Geist. Weiss es nicht mit Bestimmtheit. Müsste dafür wohl erst mit einem echten Vampir auf dessen Grab sitzen. Mit dir zusammensitzen. Dir gegenübersitzen. Und sehn, wie es sich anfühlt, Vladimir Vampir in die Augen zu schaun.

Ein angenehmer Gedanke. Zugegeben. Aber nicht nur. Ein leises Grausen auch vor deinem Biss. Und seinen Folgen. Also Lieber, bevor wir das erste Fass anstechen: Gib etwas von dir preis! Und ich somit etwas von mir. Wie du mir, so ich dir. Im Guten hier.

Nächtlicher Kuss. Brigittehieronymus

Anna fand, das sei ihr gut gelungen. Brigitte wetterte, das schickst du nicht ab! Glatter Selbstmord sei das. Da könne man das Profil Brigitte gleich löschen. Brigitte auslöschen. Und in Anna Wegmanns Wüste darben. Und dürsten. Und zog dazu ihren legendären Schmollmund.

Sassen dann da. Alle beide. Und warteten. Wussten nicht auf was. Anna rauchte. Und Brigitte schmollte. Letztere bekam schliesslich eine Freundschaftsanfrage:

Fabian Winter möchte mit dir auf Facebook befreundet sein.

Wen interessierte Fabian Winter?
Einer wie Millionen. Einer wie Serge Hüttenmoser. Einer wie Dieter Volleisen. Oder einer wie Anna, fand Anna.

Die weiterhin auf den Bildschirm starrte. Und auf Vladimir wartete. Und einen Schubs von Brigitte bekam. Hey du, das Leben besteht nicht nur aus Tanzbären. Aus Bier und aus Vampiren. Es besteht, ganz aktuell auch aus einem Fabian Winter. Fang die Maus, und spiel mit ihr!

Und Brigitte bestätigte die Freundschaftsanfrage.

Anna hingegen wartete weiter. Auf einen Vampir, der heut Abend merkwürdig still.

15

So wie Anna. Die darauffolgenden Tage zwischen den Büchern. Und die Lehrtochter war rasch zur Stelle. Mit ihren Befürchtungen: Folks, ich sags euch, die Anna ist depressiv. Immer allein. Und nichts als Bücher um sie herum. Daheim und hier. Und immer die Geschichten der andern. Und selber keine eigene. Das ist doch zum Kotzen. Eines Tages ist die tot. Zwischen zwei Buchdeckeln sanft entschlafen. Und die Mitarbeiterinnen schauten sich an. Und wussten dazu nichts zu sagen.

Anna selber hatte nicht vor zu sterben. Auch wenn sie viel rauchte. Und schweigsam wie ein buddhistischer Mönch durch die Arbeitstage ging. Hatte im Gegenteil vor, ihrem traurigen Leben auf den Grund zu gehn. Und still den Ängsten die Stirn zu bieten. Um irgendwann zu neuem Leben zu erwachen. Und der Sehnsucht zu folgen, die Brigitte geweckt hatte. Und beschloss mutig zu sein. Jetzt endlich. Angst hin, Angst her. Ab sofort. Und sich nicht mehr hinter Brigitte zu verstecken.

Schaltete am Abend den Computer ein und wollte nicht länger warten. Auf Nachrichten von Vladimir. Sondern selber eine schreiben. Jetzt gleich. Springen. Schiss hin, Schiss her.

Und sah, dass Fabian Winter Brigitte eine Nachricht hinterlassen hatte.

Liebe Brigitte, darf ich mich vorstellen? Fabian

Winter mein Name. Ich weiss, du magst illustre Wesen. Tanzt gern mit Bier, Bär und Vampir. Das hat mich verunsichert. Liess mich kleiner werden, geradezu schrumpfen. Mäuschenklein. Und mich irgendwann trotzdem für Fabian entschieden. Und jetzt wieder zu menschlicher Grösse heranwachsend. Zu Fabian Winter. Zu mir selbst. Unverkleidet und unmaskiert. Mittelgross, mittelalt und mittelschlank. Dafür mit überbordender Fantasie. Schöpfer von Vladimir. Und ein paar andern Facebook Fakes. So aus Freude und aus Spass. Und weil dem Leben die Farbe kunterbunt schmeichelt. Mein eigenes Leben jedoch grau trägt. Des Öftern, leider. Deshalb der Vladimir. Und jetzt angstvoll gebeichtet und noch angstvoller wartend. Auf Brigittes Antwort. Reaktion. Explosion. Detonation. Es grüsst ein echter Winter.

Und Anna sah sich diesen Winter an. Sein Bild. Nicht gross, nicht alt, nicht schlank. Nicht Bier, nicht Bär und nicht Vampir. Nur Mensch. Und rührte Anna. Und liess Brigitte schreiben:

Lieber Echtwinter, man kann nicht das ganze Jahr über im Vampirkostüm rumlaufen. Irgendwann muss die Haut wieder atmen. Man selber möchte wieder atmen. Unter der Maskerade. Danke, dass du sie gelüftet. Und darfst bald selber den andern unter die Verkleidung schauen. Die da keltern, grossbusig und grossmundig. Und in Wirklichkeit alles ganz anders. Bis bald. Brigitte nimmt alle Courage zusammen.

Und stritt sich ein letztes Mal mit Brigitte. Und liess sich nicht mehr zur Vernunft bringen. Weil hatte genug von Mauern, Zäunen und Sicherheitszonen. Hinter denen man vertrocknete. Gar schnell. Und sich dann wiederfand in endlosen Wüsten, wie Anna. Und würde sich jetzt trauen. Und hinter der Deckung hervortreten. Und zwang Brigitte sich abzumelden. Die erstaunlich schnell verstummte.

Um sich bei Anna anzumelden.
Und Fabian eine Freundschaftsanfrage zu senden.

16

Ihm anbei folgende Mail sandte:

Hallo Fabian. Das bin ich. Ohne Kostüm. Und ohne Larve. Wenn Fasnacht vorbei. Anna Wegmann. Mittelalt, mittelschlank, Busen mittelgross. Schöpferin von Brigitte: Heldin der Burgundischen Weinberge und Eroberin sämtlicher Männer- und Bärenherzen auf fb. Momentan so gross wie ein Däumling mit Hut. (Nein, der Nils Holgerson auf fb bin nicht ich. Dahinter steckt ein anderer Witzbold). Dafür auch ich mit Fantasie zu Hauf. Und Schiss obendrein, nach getaner Beichte. Jetzt ebenfalls wartend. Auf Fabians Reaktion. Und Aktion hoffentlich, nach getaner Reflexion.

Wirklich wartete.

Wahrhaft wartete.

Unterwegs – im Land des Wartens – in Erwägung zog, aus fb zu verschwinden. Auf Nimmerwiedersehn. Für immer und ewig. Anna Wegmann zu löschen. Sich somit die Schmach zu ersparen. Und Brigitte Burgunder ebenso. Sich in Luft auflösen. Mit beiden Profilen. Der Ungewissheit ein Ende machen. Und der Pein, die sie auslöste.

Und dann doch blieb. Sich entschied. Für das Risiko. Mit sämtlichen Folgen. Das war waghalsig jetzt, fand Anna.

Und weiter wartete.

Nicht rauchte und nicht trank und den Atem anhielt.

Sich am Abgrund fühlte.

Und einen Schritt zurück trat.

Und zur Besinnung kam: Hey Anna, nur jetzt keine Krise! Nicht alles verpatzen und versauen. Auf Grund des schädlichen Tunnelblicks. Schau dir den Vampir an. In Ruhe. Lass geschehen. Sofern etwas geschieht.

Und ein- und ausschnaufen und siehe da, Vladimirs Nachricht ging ein:

Hallo Anna, ich dachte immer, Mittelmässigkeit sei der Anfang vom Ende. Heute denk ich, welch Geschenk an meine Wenigkeit. Was hätte der mittelgrosse Fabian Winter bloss mit der überlebensgrossen Burgunder Bombe gemacht? Sich an ihren Zöpfen erhängt oder sich in ihrem Busen ertränkt. Egal. Tödlich ist beides. Und ich will mich ja eigentlich im Leben üben. Ich mittelalterlicher Hosenscheisser. Also liebe Anna danke, dass du aus Fleisch und Blut über den bleichen Winter gestolpert bist. Übrigens wundere dich nicht, wenn Bär und Bier verstummt sind. Sind beide nicht in Fest Nudelstimmung. Dafür ist der Winter da. Fühlt sich gar ein wenig frühlingshaft. Bis bald. Du Wortgewandte ohne Bild...

Und in der Wüste Gobi fiel endlich Regen. Die Trockenheit beendet. Und Anna stellte sich unter den weiten Himmel und jauchzte. Und trank gierig jeden einzelnen Tropfen, der sich in ihrem Mund und auf ihren Lippen niederliess.

17

Und wurde abermals als verliebt durchschaut. Von der Lehrtochter am darauffolgenden Tag. Der das Schlimmste abgewendet schien. Der Tod zwischen den Buchdeckeln zumindest aufgeschoben. Dank einem geheimnisvollen Retter. Wahrscheinlich. Und die andern Mitarbeiterinnen sahen sich vor ein Rätsel gestellt. Infolge Annas blendender Laune. Denn Retter gab es keine mehr in dieser aufgeklärten Zeit. Dessen war man sich sicher. Ansonsten wars ein schlechter Roman. Und nichts als Kitsch und Schund. Schlürften den Pausenkaffee und rätselten über das Leben und seine Windungen und Wendungen.

Anna derweil ihre Freundinnen zusammentrommelte. Um ihr Glück mit ihnen zu teilen:

Bei einem Bier alles zusammenfasste: Wie Brigitte Burgunder entstanden und lebendig geworden. Und wie der Vampir dazugeflogen, jeweils nach Mitternacht. Und hielt bald inne, da oh, und uh und unglaublich! Bestaunt und bewundert wurde von den zuhörenden Frauen. Für Mumm und Kreativität und Umsetzung von beidem. Und errötete. Vor Stolz. Und endlich weitererzählte: Von Brigittes Leichtigkeit. Die Anna ansteckte. Und vom Jochen und seinem Bier und von der Fest Nudel. Vom ganzen bunten Treiben. Nächtelang. In der virtuellen Welt. Das Eintönigkeit vertrieb. Aus Annas Leben. Und gar Einsamkeit. Oder zumindest beinahe. Da leider Brigittes Gesicht nur geliehen.

Und das Ganze somit ein wenig erschummelt. Streng genommen. Deshalb irgendwann wieder zusammengeführt gehörten. Brigitte und Anna. Virtuell und real. Reinen Tisch gemacht und aus den zwei Frauen wieder eine. Vereint in Anna, irgendwie und wie auch immer. Und dass der Zeitpunkt jetzt da, weil der Vampir ein Fabian Winter. Ganz leibhaftig und stinknormal.

Und die Freundinnen seufzten, die Situation sei schwierig. Ein glücklich Ende der Geschichte ziemlich ausgeschlossen. Denn jetzt beginne der ganz normale Wahnsinn. Den man kenne. Und dem man, und sei man nur halbwegs bei Trost, nicht nochmals Einlass gewähre. Nach allem was man erlebt habe. Und erlitten. Anna solle sich ruhig vergnügen. Als Brigitte. Dagegen sei nichts einzuwenden. Aber vom Feuer die Finger lassen. Und war sich einig: Annas Tarnung blieb bestehen. Musste bestehen bleiben. Zumindest das, was noch davon übrig war. Und die Rote meinte, sie sei froh, dass der Stallone ein Mann. Mit dem die Frauen anbändelten. Und sie somit nicht Gefahr laufe. In der Bredouille zu sitzen. Eines Tages, so wie Anna.

Und Anna fand, ihre Freundinnen hatten die Wahrheit grossräumig umflunkert. Einmal mehr. Wie gehabt.

Und beschloss die Dinge auch weiterhin nach eigenem Gutdünken zu regeln.

18

Ging nach Hause und suchte nach einem passenden Profilbild. Für Anna. Die auf allen Fotos den Rolf Wegmann an ihrer Seite hatte. Der da weg musste. Was jetzt leicht ging. Ritsch ratsch, ein sauberer Schnitt. Und Anna lachte und dachte, wie viel beschwerlicher es gewesen war, ihr Herz von ihm zu trennen. Scannte das Bild und lud es auf Anna Wegmanns Profil. Betrachtete sich und war mässig zufrieden. Erinnerte sich an den mittelmässigen Fabian Winter und befand, es sei gut so.

Machte sich daran ihm zu schreiben. Was jetzt schwieriger war. Weil verbindlich. Und keine Brigitte mehr als Deckung:

Hallo Fabian, die Wortgewandte gibts jetzt mit Profilbild. Schau doch mal hin. Genau hin. Nein, Ähnlichkeiten mit Brigitte wirst du keine entdecken. Dafür haben meine Worte nun ein Gesicht. Eines das passt. Finde ich. Und hoffe, das findest du auch. Und bleibst somit weiterhin in Frühlingsstimmung. Herzlich Anna. PS: Grüss mir Bär, Bier und Fest. Fiel mir schon lange auf, dass die drei viel Ähnlichkeit haben...

Und musste nicht mal eine Zigarette lang auf die Antwort warten:

Hallo Anna, danke für das Foto. Ja, jetzt passt das Erscheinungsbild zum Innenleben. Das gefällt mir und der Frühling hält an! Ich habe deine Grüsse weitergeleitet. Bier und Fest sind auf einer Party. Der Jochen liegt im Bett er hat Kopfschmerzen. Hat gestern zu tief ins Glas geschaut. Passiert bei ihm schnell, da er nur zehn Zentimeter gross ist. Und am Tag danach mimt er den eingebildeten Kranken. Brigitte würde ich jetzt fragen, ob sie weiss, zu welchem Autor dieser Titel gehört. Anna frage ich nicht, das ist unter ihrem Niveau. Aber was sie aktuell liest, frage ich sie. Und wie es Brigitte geht, interessiert mich ebenfalls...

Und schrieb ohne zu zögern zurück:

Lieber Fabian, gut, fragst du nicht. Ich habe Molière gehasst. Aber noch schlimmer war Voltaire und die ganzen rollenden Köpfe um ihn herum. Momentan les ich den neusten Hunkeler. Ein Stück Heimat. Der alte Mann und sein Haus im Elsass. Und seine Liebe zum Fluss. Was liest du gerne? Lass mich raten, bist bestimmt in der Welt des Fantastischen heimisch. Deshalb der Vladimir, oder? Gut, dass du mich an Brigitte erinnerst. Hab sie völlig vergessen zwischen den Reben. Werde gleich mal bei ihr vorbeischauen...

Und wechselte auf Brigittes Profil.

Zweiundzwanzig Freundschaftsanfragen.
Eine Mail von Serge Hüttenmoser.
Eine Kussanfrage von Angelo Stallone.

Blieben unbeantwortet. Da Anna unberührt und keine Lust die Brigitte zu mimen. Da es ihr in Annas Haut grad so wohl war.

Deshalb zurückwechselte. Aufs eigene Profil und ins eigene Leben. Das, wen wunderts, eine Nachricht bereithielt für Anna:

Liebe Anna, Ein Schuss ins Schwarze: der Riss im Alltag. Das Übernatürliche das abrupt ins Natürliche eindringt, unerwartet und unverhofft, und danach ist nichts mehr wie zuvor, ja das fasziniert mich. Storm, Poe, Tolkien. Und als moderner Vertreter des Genres natürlich King. Ich sehe du bevorzugst Krimis. Den Hunkeler besonders. Heisst das, dass du auch in seiner Nähe wohnst? Und stelle dir gleich ein neues Rätsel. In welcher Schweizer Stadt ist der Jochen daheim? Pipifax ist das, ja ich weiss, aber irgendwie muss ich dir ja meinen Wohnort nennen...

Und Anna antwortete unverzüglich:

Wie schön, du bist ein Berner! Ich liebe die Berner. Jeder ein kleiner Kuno. Singst du auch? Sicher singst du, es gibt keinen einzigen Berner, der nicht singen kann. Ja, ich wohne in Basel. Mittendrin sogar. Fünf Gehminuten bis zum Rhein. So les ich meist am Flussufer sitzend. Während der Hunkeler stromabwärts an mir vorbeischwimmt. Aber eigentlich lese ich querbeet: Ana Gavalda. Dieser liebende Blick. Auf die menschlichen Eigenarten. Herzerwärmend. Und Daniel Kehlmann. Dieser zynische Blick. Auf die menschlichen Abgründe. Blutgefrierend. Und wenn ich nicht lese, sortiere ich Bücher. Also rate, wer bin ich? Das ist jetzt mindestens ebenso kinderleicht wie der mit dem Bärengraben...

Und Anna machte es sich gemütlich. Vor dem Computer. War warm und durchblutet und mit roten Backen. Plupte den Stallone an. Der schlechte Laune hatte. Zwischen all den forschen Weibern, wie er seine Verehrerinnen nannte. Die ihn regelrecht in Beschlag nahmen. Ihn besuchen wollten, küssen, anfallen, überfallen. Zum Verzweifeln sei das. Und sie zöge es in Erwägung den Don Juan aus Sizilien sterben zu lassen. Mit einem einzigen Klick die Heerscharen von Frauen los. Dem Fabian jedoch vorher eine Falle stellen wollte, weil vielleicht war der schwul. Oder bi. Oder was auch immer. Besser früh herausfinden, was mit dem nicht stimmte. Und ja die Deckung nicht aufgeben, gell Anna! Und sich nicht einlassen, vernünftig bleiben. Brigitte bleiben, weil sonst ein Desaster sondergleichen. Das darfst du nicht vergessen Anna! Aber sicher Stallone, mach dir keine Sorgen!

Und weg war Anna. Um sich auf eine neue Nachricht von Fabian einzulassen. Fand, das sei in Ordnung. Wusste es. Entgegen allen Unkenrufen.

Kein bisschen einfach ist das: Weisst du eigentlich wer alles Bücher sortiert? Mütter sortieren im Kinderzimmer Bilderbücher. Ministranten Gebetsbücher (ok, sie sortieren sie nicht, sie stapeln sie nach Messeende neben der Kirchentüre, aber immerhin), Mönche katalogisieren die Bücher der Klosterbibliothek, Gemeindeschreiber ordnen die Bücher der Gemeindestube und Buchhändlerinnen und Bibliothekarinnen reihen Klassiker und Neuerscheinungen nach Alphabet in die Gestelle. Die Nonne geb ich dir nicht. Zu frivol. Für eine

Ministrantin bist du zu alt und für Gemeindeschreiberin zu fantasievoll. Mutter könntest du sein. Oder Buchhändlerin. Oder beides. Oder Bibliothekarin. Ebenfalls mit und ohne Kinder. Und ah ja, beinah hätt ichs vergessen: Fabian Winter ist der einzige lebende Berner, der nicht singen kann. Schreibst du mir trotzdem zurück?

Und natürlich schrieb Anna zurück:

Fabian Winter, auch du hast beinahe ins Schwarze getroffen: Bibliothekarin ohne Anhang. Heisst des Rätsels Lösung. Bedauerlich ist jedoch, dass du nicht singen kannst. Aber vielleicht kann es der Jochen!? Meinst du, er würde mir mal ein Ständchen bringen? Und bis es soweit ist, warte ich auf Teil zwei des heiteren Beruferatens...

Und Fabian antwortete prompt:

Liebe Anna, leider ist der Jochen ein scheuer Bär. Gestern, zu später und sensibler Stunde jedoch, hat er mir anvertraut, dass er dich gern kennenlernen möchte. Sich aber nicht traue. Noch nicht. Zu hundert Prozent. Wir bleiben jedoch in Verhandlung. Denn ich finde, die Schüchternheit zu überwinden, ist auch für Bären von zentraler Bedeutung. Ich werde ihn also weiterhin dazu ermuntern: Nach einem Date mit Anna zu fragen. Singen wird er aber auf keinen Fall. Er singt nur zu Hause in seiner Bärenhöhle. Und auch dort nur sehr verhalten. Vielleicht müsste ich ihn zu dem Treffen begleiten. Er könnte sich dann in meiner Jackentasche verstecken. Und kurz rausblinzeln.

Einen Blick auf Anna erhaschen. Und danach in der Taschenhöhle warten, bis neuer Heldengeist erwacht. PS: Das Berufsrätsel zum Schluss: Ich spiele mit Worten. Schiebe sie vor und zurück. Mache Sätze daraus und werde für die Anhäufung von ebendiesen bezahlt. Wer bin ich?

Dazu fand Anna:

Hols der Geier, du bist Schriftsteller! Kenn ich dich? Les ich dich? Und bevor ich jetzt vor Ehrfurcht verzage, richte Jochen aus, er sei ein einzigartiger Meister Petz! Und gib ihm „Gut gegen Nordwind" zu lesen. Sag ihm, dass ich nicht so lange schreiben will. Wie die beiden in der Geschichte. Lieber vorher springen. Bevor die Erwartungen höher als das Matterhorn. Um eine allfällige Bauchlandung zu überleben. Falls die Begegnung freundschaftlich enttäuschend. Und richte ihm aus, Anna sei auch schüchtern. Und könne sich noch nicht mal in einer Jackentasche verstecken. Nur hinter einer Kelterin. Die wohne jedoch im Burgund und stehe momentan nicht zur Verfügung. Und sag ihm, Mut bedeute nicht die Abwesenheit von Angst. Mut bedeute, etwas zu wagen, obwohl man Angst hat. Und frag ihn doch bei der Gelegenheit gleich, ob er wisse von wem das Zitat ist.

Und wurde flatterig und fahrig. Und die Hände kühler und die Backen bleich. Und rauchte und trank ein Glas Wein. Und das lästige Geklopfe des Herzens im Hals.

Bis die Antwort einging:

Liebe Anna, Jochen ist mindestens so schlau wie scheu: Das Zitat ist von Nelson Mandela. Wusste er aus dem Stegreif. Ohne zu googeln. Und „Gut gegen Nordwind" hat er längst gelesen. Inklusive Fortsetzung. Und war glückselig, als sich die beiden am Ende kriegen. Alles andere hätte sein sensibles Bärenherz gebrochen. Lass mich nochmals mit ihm reden. Ich glaub, ich krieg ihn rum. Er ist manchmal einfach nicht der schnellste. Lobt die Langsamkeit und braucht Zeit. Zurück zu mir. Schriftsteller, nein. Nicht ganz. Leider. Journalist aber immerhin. Mit Träumen vom eigenen Buch. Wie alle. Eines schönen Tages. Bis dahin recherchiere und schreibe ich für Wissenschaftsmagazine. Und den Stoff für das Buch hol ich mir als Vampir in der Gruft.

Das war objektiv betrachtet eine liebevolle Mail. Von einem sich sachte einlassenden Menschen verfasst. Aber Anna war nicht objektiv. Anna war verwundbar und leicht zu kränken an diesem Punkt. Und kurzsichtig, auf Grund der selbst montierten Scheuklappen. Und deshalb, weil alle hoffnungsvollen Worte übersehend, las Anna nur den einen Satz:

Und braucht Zeit.
Und braucht Zeit.
Und braucht Zeit.

Aus dem sie prompt schlussfolgerte:

Und braucht Zeit.
Um sich aufzumachen.
Auf und davon.
Und über alle Berge.

Und wurde von heftiger Wut ergriffen. Da zutiefst gekränkt. Schlimmer: Entwürdigt. Und zog umgehend die Notbremse. Die emotionale: Das hatte sie nicht nötig. Weiss Gott nicht. Auf einen zehn Zentimeter kleinen Bären zu warten. Der sich vielleicht irgendwann mit ihr treffen würde. Gnädigerweise. Und vielleicht nur aus Mitleid. Dachte an ihre Freundinnen und schalt sich einen alten Esel. Leerte ein zweites Glas Wein. Und beschloss, dem allem ein ebenso schnelles wie schmerzloses Ende zu bereiten:

Lieber Fabian, bitte richte dem Jochen doch aus, dass er sich nicht von dir überschwatzen lassen soll. So eine Bärenseele ist weise und weiss, was richtig für sie ist. Und was nicht. Es hat uns gefreut eure Bekanntschaft zu machen. Brigitte und mich. Was Brigitte angeht, so steht die Weinlese im Burgund an und somit strenge Zeiten. Was Anna betrifft, so hat sie die Neuerscheinungsprogramme von fünftausend Verlagen durchzuackern. Da bleibt beiden wenig Zeit für ergänzende Spässchen. Wir wünschen Fabian und seiner Familie deshalb goldene Herbstzeiten und weiterhin fröhliches Steppen auf dem Parkett der Belanglosigkeit und Unverbindlichkeit! Freundlich Anna und Co.

Und senden und weg und Annas Profil gelöscht.

Zu Brigitte gewechselt und geklickt, dass sie sich ebenfalls in Luft auflöst.

Somit zwei Mitglieder weniger. In der Community of facebook. Und ein Mitglied mehr im Club der verzagten Herzen.

Willkommen Anna! Sauf noch einen und rauch noch zwei! Das wird ein nassgrauer, kalter Herbst werden. Bunkere dich besser jetzt schon ein: Mit Krimis, Wein und Zigaretten. Die dicke Decke allzeit bereit! Diese Jahreszeit wird dauern. Kennst du ja schon. Also bitte mach es dir gemütlich. Und such dir einen guten Platz aus. Im Hotel Solitude. Am besten eine Suite. Damit ihr genug Platz habt. Die Einsamkeit, deine dreitausend Bücher und du!

Und Anna wünschte, es hätte nie einen Vladimir Vampir gegeben.
Und keinen Jochen.

Kein Bier. Und kein Fest.
Und keine Brigitte, die an allem schuld.

Und fand das Leben beschissen. Endgültig. Mit und ohne Facebook. Wankte ins Bett. Und wurde endlich vom Schlaf erlöst.

19

Das geht nicht mehr lange. Mit der Anna. Wusste die Lehrtochter mit Bestimmtheit. Jetzt hat sie einen Rückfall und dann gehts meistens schnell. „Tod einer Bibliothekarin", der Titel würde Anna gefallen. Nur wird sie das Buch nicht mehr lesen können. Und die Mitarbeiter nun auch in Sorge. Da die Chefin nicht zur Arbeit erschienen. Sich abgemeldet hatte mit belegter Stimme etwas von Darmproblemen faselnd. Und daure mindestens die ganze Woche.

Dafür hatte ein Mann zwischen den Regalen gestanden, der Anna suchte. Ziemlich verloren mit einem seltsamen Bären in der Hand. Der Bär hiess Jochen und trug eine Latzhose. Und ein bunt kariertes Hemd. Irgendwie kindisch, berichtete die Lehrtochter. Und gleichzeitig wonnig. Wie der so dastand zwischen all den Büchern. Mit diesem Bären. Und ihn mir vorstellte, als wärs ein Mensch. Und einen Brief hat er dagelassen. Zugeklebt, leider. Und jetzt warten beide auf Annas Pult. Bär und Brief. Auf Anna. Und dabei ist sie vielleicht schon tot. Die älteste Mitarbeiterin unterbrach die Lehrtochter, es reiche jetzt. Sie habe zu viel Fantasie und überhaupt ein zu lockeres Mundwerk. Und Anna leide an einem Darminfekt und nicht an einem bösartigen Herztumor. Mann hin, Bär her und jetzt sei Schluss.

Und Anna schlich daheim im Pyjama durch die Zimmer. Ungeduscht um den Computer herum.

Hatte vielleicht überreagiert. In der Hitze des Gefühlgefechts. „Und braucht Zeit" konnte viel heissen. Alles mögliche bedeuten. Vielleicht nur Fabians Furcht ausdrücken. Ziemlich sicher, sogar. War es so. Mit einer Nacht Abstand betrachtet. Und Anna schimpfte mit sich selber. War sie doch sonst so besonnen. Konnte deshalb kurz reinschauen. Vorbeischauen, ob der Winter sich gemeldet. Das Profil wieder aufstarten und linsen, ob vielleicht eine Nachricht für sie da.

Nach vielstündigem Ringen endlich gemacht. Das Herz rebelliert und die Finger gezittert.
Und die Mailbox leer.
Und Anna Wegmann wieder sterben lassen. Unverzüglich.
Zurück ins Bett gewankt.
Drei Tage die Decke überm Kopf.
Scheisse. Anna. Reiss dich am Riemen.
Geschnieft, geschluchzt, geweint.

Am Abend aufgestanden und eine Suppe gekocht. Gemüse und Fleisch. Wer hinfällt, steht auf und geht weiter.
Hätte Brigitte gesagt. Und war wohl wahr.

Lüftete die Wohnung und liess die Finger vom Wein.
Und würde morgen wieder zur Arbeit gehn.

Irgendwo da draussen.
Gabs einen der zu Anna passte.
Und Anna zu ihm.
Irgendwann.

Würden sie übereinander stolpern.
Wie Vladimir und Brigitte.
Nur nachhaltiger eben.

Und Anna wollte wach sein.
Nicht im Selbstmitleid versunken.
Und nicht erstarrt.
Wenn es soweit war.

Liess sich nun die Suppe schmecken. Und dankte Brigitte für das Abenteuer. Welches Anna geholfen hatte, sich endlich wieder startklar zu machen.

20

War am nächsten Tag früh in der Bibliothek. Vor allen andern. Und fand einen wartenden Bären vor. Auf ihrem Pult sitzen. Und einen Brief daneben liegen.

Liebe Anna

Leider kann ich mich besser verkleiden als hervortrauen.

„Und braucht Zeit."

Ist wohl der Stein des Anstosses. Jochen würde den Stein gern beiseite räumen. Mit dir. Und ich mich entschuldigen. Für die achtlose Formulierung. Vielleicht heute in deiner Mittagspause? Ich warte im Kaffee zur Mitte.

Herzlich. Fabian hat Zeit und wartet.

Und betrachtete den zehn Zentimeter kleinen Jochen. Kam ums Schmunzeln nicht herum. Da die Pranken des Grizzlys klein wie Reissnagelköpfchen. Und küsste den Minibären auf den Bauch. Weil der einzige Ort, an dem genügend Platz für Annas Lippen. Bemerkte, so rührselig gestimmt, nicht, wie die Lehrtochter zur Tür rein kam. Las den Brief noch einmal. Und begriff endlich, dass gestern heute war. Ach herrje, welch schicksalshaftes Durcheinander. Fabian Winter hatte vergebens gewartet. Im Kaffee Mitte. Und Anna hatte vergebens gedarbt. Vor ihrem Computer.

Und jetzt war Herr Winter wieder in Bern. Und biss als Vladimir erneut in fremde Hälse. Aus lauter Verzweiflung. Und hatte für alle Zeiten mit dem Versuch über die Liebe abgeschlossen. So wie gestern Anna. Und das einzige was Anna von ihm blieb, war der Jochen aus Plüsch.

„Ich hab ihm gesagt, sie hätten den Scheisser. Und lägen daheim im Bett. Oder sässen auf der Schüssel. Also dem Mann hab ichs gesagt, nicht dem Bären. Hoffe, das war nicht zu privat. Hier drin weiss man nie, was man sagen darf. Und was nicht." Maulte die Lehrtochter. Und Anna schrie nein, nein, nein, das sei nicht zu privat! Das sei absolut und total in Ordnung!

Und startete ihren Computer auf. Was viel zu lange dauerte, fand Anna.

Suchte Herrn Winter in den Weissen Seiten. Wurde fündig und informierte die Lehrtochter, dass ihr Darm noch zu unstet. Für einen ganzen Arbeitstag. Verabschiedete sich eilig. Und liess die sprachlose Lehrtochter zurück.

Fuhr zum Bahnhof und löste ein Ticket nach Bern.

21

Lieber Leser

Der du mir – im Idealfall – bis zu diesem Punkt der Geschichte gefolgt bist.

Wir verlassen jetzt Anna und Fabian. Und wir verlassen somit auch fb.

Folgende Meldungen aus dem Dschungel der Statusmeldungen könnten jedoch für dich noch von Interesse sein und will ich dir deshalb nicht vorenthalten:

Brigitte Burgunder hat ihren Status geändert: In einer Beziehung mit Vladimir Vampir.

Vladimir Vampir hat seinen Status geändert: In einer Beziehung mit Brigitte Burgunder.

Jochen Römer, Ewiges Bier, Festnudel, Angelo Stallone, Anna Wegmann und Fabian Winter gefällt das.

Zudem haben die beiden vor wenigen Minuten folgendes gepostet:

Brigitte Burgunder ist gemeinsam weniger einsam!

Vladimir Vampirs entseeltes Herz ist ab sofort wieder beseelt!

Jochen Römer, Ewiges Bier, Festnudel und Angelo Stallone gefällt das.

Fortsetzung folgt.

Vielleicht.